恋人以上のことを、彼女じゃない君と。
Koibito ijo no
kotowo,
kanojo janai kimi to.
Presented by
持崎湯葉
Illustration
どうしま

—第一話—
糸
Ito

—第十七話—
那須塩原
Nasushiobara

第六話
新宿
Shinjuku

Contents

Koibito ijo no kotowo, kanojo janai kimi to.

Design/ Yuko Mucadeya+Nao Fukushima[musicagographics]

恋人以上のことを、彼女じゃない君と。

Character

山瀬冬 Fuyu Yamase

ブラックなゲーム会社で
働いている。
糸の元彼氏であり、
現在はフリー。

皆瀬糸 Ito Minase

建築会社で
経理として働いている。
冬の元彼女であり、
最近彼氏と別れた。

第一話　糸

子供の頃にあれほど羨《うらや》ましく思っていた大人という存在は、なってみればそれはそれは退屈で、窮屈で。とてもじゃないが誇り難い。

大人は子供の進化形で、全てのステータスが軒並みアップするものだと思い込んでいたが、全然そんなことはなく。子供の頃の方がマシだと思えることは多い。

イヤなことからの逃げ方とか、自分への期待のし方とか、他人への期待のし方とか。

友達のなり方だってそうだ。

もしもそれが子供のように純粋でさりげなくできたのなら、僕らの関係はもっと健全だったのかもしれない。それなりに誇れる人間になれたのかもしれない。

ちょうどいい距離感を保ったまま僕らは、キレイな関係を築けたはずだった。

上司の愚痴を言い合って、ゲームの協力プレイをして、観《み》たい映画を共有して。

お互いの恋や結婚を、心から祝福して。

僕と糸《いと》は、ただそういう関係で、良かったんだ。

＊＊＊

食事までなおざりになったら終わり。

そんな思いから平日の昼は週に最低一回、キッチンカー飯を購入するようになった。

我が社が入居しているオフィスビル、その足下に並ぶ数台のキッチンカーには、昼時になると小さな行列ができる。あらゆる企業を抱えるビルなため、並ぶ人の服装は様々だ。

かっちりスーツにツーブロック、いかにも体育会系企業でハラスメントの境界線を行ったり来たりしていそうな人もいれば、「これから水族館ですか？」といったラフな風体の人もいる。

後者の大多数は同じ会社の人間だと、ひと目で分かる。首からぶら下げている社員証に会社を代表するゲームキャラが描かれているのだ。

僕もそちら側。ただ本日は水族館どころか「ちょっとそこのコンビニまで」スタイルだ。

いっそ清々《すがすが》しいだろう、といった顔でローストビーフ丼《どん》の列の最後尾に立っていると、背後に人が立つ気配を感じた。おそらくは女性だ。

なんとはなしに身体《からだ》をひねる素振りで、チラリと女性の顔を確認してみる。

鳥肌が立った。息が止まりそうになった。

「い、糸？」

「え、冬《ふゆ》くん？」

スマホから顔をあげた彼女は、やはり糸だった。

糸《いと》もまた目を見開いている。そして僕らはほぼ同時に、お互いの社員証を見た。

糸の社員証には、建築コンサルタント企業のロゴが描かれている。卒業前にサークル仲間で行った最後の飲み会にて、聞いていた就職先と同じだ。

「そうか……糸の会社もここだったのか」

「冬《ふゆ》くんも？　全然気づかなかった」

「四月から移転したんだよ、このビルに」

「ああっ、どうりで先月からラフな恰好《かっこう》の人が増えたと思った！」

再会が喜ばしいばかりでない間柄にもかかわらず、糸は心底嬉《うれ》しそうな顔を見せてくれた。その笑顔が泣きたくなるほどに懐かしく、僕は自然と頰《ほお》が緩む。

糸はブラウスにチェックのベストにスカートと、いかにもなオフィスウェア姿。茶色の髪をバレッタで留めている。化粧は、昔より落ち着いた印象を受けた。

と、そうこうしているうちに列の先頭にまで来ていた。

注文し、料理が包まれるまでの間に僕は、意を決して糸を誘ってみる。

「よかったら一緒に食べない？　そこのベンチで」

「あ、ごめん。会社の人と一緒で……」

糸は別のキッチンカーへ視線を泳がせる。連れが他の行列に並んでいるらしい。

そりゃそうだよな、との落胆の顔は見せないよう、僕は笑顔のまま了解しようとした。だが

それよりも早く糸《いと》が告げる。

「でも、せっかくだから飲みに行こうよ。今日とか空いてる?」

思わぬ提案に僕は「お、おおっ」と上ずった声で了承。が、即座に撤回する。

「あ、えーっと……今日は残業があるんだわ。他の日でもいい?」

「いいよ。それじゃあ——」

無事、飲みに行く約束を取り付けた。

そうしてその場は別れる。糸は最後に手を振っていた時も、ずっと笑顔のままだった。

エレベーターの中、驚きやら喜びやら様々な感情が去来する。最終的にはホッと一安心。

危なかった。元カノと飲みに行くのに、コンビニスタイルはダメだろう。

＊＊＊

僕、山瀬冬《やませふゆ》が皆瀬糸《みなせ》と別れたのは三年前。大学四年の夏前だ。

同じSF研究サークルの同期で、大学一年の夏から三年ほど付き合っていた。

糸は僕にとって楽しかった大学時代を象徴する存在であり、人生において恋というものを、最も純粋に楽しんだ相手でもある。

就活における忙しさや価値観の違いによって、時間的にも精神的にもすれ違い、結果として僕らは別れてしまった。ただ少なくとも僕は、糸を嫌いになったことなんてない。むしろ嫌いになりたくなくて、別れたのだ。

ゆえにこの奇跡と言える再会には、一点の曇りもなく喜ばしいと思える。気まずい空気感がなかったことから、糸にとってもポジティブな再会と捉《とら》えてもらえたのだろう。

糸とふたりきりで杯を交わすのは、実に三年ぶり。

お互いに二十四歳になった。正真正銘の大人になった。ともすれば、期待感は高まる。

正直下心は拭《ぬぐ》えない。元カレ元カノが飲みに行くって、そうなってもおかしくないじゃないですか。期待くらいしてもいいじゃないですか。

と、そんな淡い欲望は勝負パンツで隠しつつ、僕は駅前で糸を待った。

「ごめん冬くん、お待たせー」

人波を縫うようにやってきた糸は、白のニットに若葉色のフレアスカート。当然というべきか装いや色彩センスは、あの頃よりもずっと大人びている。

「いいねー魚のお店。もちろん日本酒がおいしいお店ですよね？」

「ご期待に添えれば」

「頼むよ山瀬くーん、君には期待しているんだからさっ」

「誰だよ」

金曜の夜だからか、相変わらず酒好きだからか、糸は少しはしゃいでいるようだ。見慣れぬ大人なコーデながら、その口ぶりは昔と変わっていない。

とはいえ、こちらは変わったところを見せなければ。

ひとまず僕の知りうる中で、最も落ち着いた良い店を予約した。

頭がなんだかフワフワとする。思いのほか緊張していることに、僕自身が驚いていた。


「んー、おいしーっ」

赤身を一口。糸《いと》は笑顔の花を咲かせ、お猪口《ちょこ》を傾ける。

鮮魚と日本酒が楽しめる和食店。大人な雰囲気からか、満席であっても声量を間違えている客はおらず。皆さま良識の範囲内で金曜夜の美酒を愉《たの》しんでいらっしゃる。

「良いお店知ってますねぇ。会社の人と来たりしてるの？」

「いや会社の人とは……あー来てるね、うん」

会社の人とじゃなかったら誰と来てるの、という疑問は芽から摘む。

マッチングアプリで出会った子と一回来ただけだが、明かす必要はなし。あの夜、高い食事代を全て出させてもらったのち音信不通になった苗字《みようじ》も知らない彼女は、同じ空の下で元気にやっているのだろうか。深爪《ふかづめ》しろアホ。

「会社はどう？　いま何の業務をやってるの？」

「ソシャゲのディレクションの補佐だよ」

ゲームタイトルを明かすと、糸は「おおっ」と唸《うな》るような声を出す。

「聞いたことあるよ！　ＣＭとかやってるよね、すごいじゃん！」

「まぁディレクター補佐なんて都合の良い調整役だからさ。常に板挟み板挟みで……」

と、何をネガティブな話を聞かせようとしているのか。

僕の仕事の愚痴なんて何の価値もないのだ。仕舞え仕舞え、こんなもの。

「それより、サークルの奴《やつ》らとは会ってる？」

「たまにかな。おみぃと春《はる》っちょ」

「おー、やっぱ女子三人組の関係は変わらないんだなぁ」

「いやーでも、前よりもずっと会わなくなっちゃったよ。ふたりとも彼氏と仲良いし」

彼氏！

絶妙なワードが出てきたところでグッと踏み込もうとしたが、それよりも早く糸が問う。

「冬《ふゆ》くんは？　サークルの人たちと会ってる？」

あー戻った。話題戻っちゃった。チャンス短っ。

「もうほぼ会わないけど……毎年男だけで旅行に行ってるよ、内田《うちだ》さんとか植木《うえき》とか山田《やまだ》と」

「うわー楽しそう、いいなーっ」

そんな話はどうでも良くてですね。

「山田くんと言えばさ」

山田《やまだ》とかどうでも良くてですね。

いま彼氏はいるのか。もしくは良い感じの人はいるのか。僕と別れてから何人と付き合ったのか。なんとか話をそっち方向に持っていきたい。いや最後のはちょっとイタいな。

今夜は糸《いと》の方から誘ってくれたのだから、現在はフリーなのだろうか。

いや、僕をただの友達としてカウントしているなら、関係ないかもしれない。

いやいや、仮にも元カレだしただの友達にはなり得ないでしょう。

いやいやいや、女性ってたまに凄《すさ》まじい『割り切り』をブチかましてくるぞ油断するな。

劣情を原動力にした思考が、頭の中でめぐり巡る。

気もそぞろで会話にも身が入らない。まるでトランプのスピードをしている気分だ。恋バナという名のハートのAをどうねじ込むか、目を血走らせてその隙《すき》を探っていた。

そんな中、予期せぬ方向から攻撃が飛んできた。

「痛っ」

「え、どうしたの冬《ふゆ》くん？」

「ごめんごめん、なんでもない。ちょっと最近目の奥が痛くてさ」

眼球から脳にかけてズキッと痛みが貫通。毎日モニターと睨《にら》めっこばかりしているせいだ。

ここ数週間で何度かあったが、特別気にはしていなかった。

だが糸はそこで、意外な反応を見せた。

「大丈夫？ それって眼精疲労だよ。ちゃんと目を休めてる？」

「大丈夫だよ、これくらい。だいたい寝たら治るし」

「でもそれ、繰り返すようになったら危ないよ？ ほら、これあげる」

不安そうな面持ちで糸が差し出したのは、使い捨ての温感アイマスクだ。

思いのほか心配されてしまっていることに、僕は少し驚いていた。

それと同時に、ふと感じたこと。

あれ？ 糸と話していた時って、こんな感じだったっけ？

付き合っていたあの頃、何が一番楽しかったか。特別な記憶はいっぱいあるが、ふとした時に思い出すのは、糸とのまとまりのない雑談だ。

僕と糸は、会話のテンポがやけに合っていた。

僕は糸の独特なワードセンスが好きだった。

糸は僕の、一聞いたら三を返すだけじゃなくお土産にフィナンシェを付けてくれるところが好き、と言っていた。いまだによく分からない。

顔を合わせただけで、僕と糸との間には話題がこんこんと湧《わ》き出た。

幸せな三年間の歴史は、ふたりの何気ない会話の積み重ねで成り立っていたのだ。

なのになぜ、いま僕はスピードをしているのだろう。なぜひとりでハートのAを握りしめているのだろう。

再会してから怒濤《どとう》の流れでここまで来てしまったせいで、僕はずっと間違えていたのだ。

「眼精疲労って、ストレスが原因のケースも多いんだよ」

「そうなの？」

「そうだよ。だから心配だったんだよ。久々に見た冬《ふゆ》くんの顔、すごく疲れてたから……」

「えっ、そうだった？」

「そうだよー。だから大丈夫かなって。嫌なこととか辛《つら》いこと、話せる人いるのかなって」

心配なのは心配。でもお節介だったらどうしよう。

そんな糸《いと》の複雑な表情を見て僕は、ふっと力が抜けた。

僕は糸に、猛烈に気を遣われていたのだ。再会してから今までずっと。

それを自覚すれば、たちまち地に足がつくというものだ。そうして久々に地面の感触を味わえば、湧《わ》き上がってくるのは強烈な羞恥心《しゅうちしん》。

何を浮かれている。何を背伸びしている。何をワンチャン狙《ねら》っている。

こんなにも心配してくれた元カノに、僕は何を考えていた。

ああ恥ずかしい！　数分前の僕を殺したい！

「どうしたの冬くん、まだ痛い？」

「いや、目はもう大丈夫。それよりも……なんか嬉《うれ》しくてな」

恥じる一方で僕は、えも言われぬ幸福感を覚えていた。

糸は昔から他人の感情の機微には敏感だった。僕の口に出さない痛みまでも察してくれた。糸が変わらず優しかった。

それは僕にとって、「彼氏はいない」なんて言われるよりも、ずっと嬉しいことだった。

「少し優しくされただけで嬉しいって……どんな修羅な日常を送ってるの」

糸は照れ臭そうに、こんな軽口を叩《たた》く。

「違うよ、糸だからだよ。なんて言うか……あぁ糸と話してるなぁって思うと嬉しくて」

「何それ、変なこと言うわー」

「糸との会話ってこう、七並べみたいな雰囲気あるよな」

「なんじゃそりゃ。七並べって何よ。私ダイヤの９止めたりしてないんだけど」

「五年前、僕に内緒で『おぞましいいきもの展』にひとりで行ったこと、忘れてないからな。一緒に行きたかったのに」

「あー止めてた！　あれダイヤの９だったのかー！　ていうか根に持ってたー！」

ほんのわずかに声のトーンが上がりかけたところで、示し合わせたようにふたりとも自重。声を殺すようにして笑い合う。

「それで、どうなの冬くん。おめめいたたーの原因があるんでしょ？」

「あー、うん。さっきも話したけどさ、ソシャゲのディレクター補佐なんて、針のむしろというか……みんなのサンドバッグなわけですよ」

「あー……あっちを立てればこっちが立たず、的な？」

「そうそう。運営チームもデザインチームも、自分たちのことばっか考えてさ。上の人たちは新規プロジェクトで忙しいからって見て見ぬフリだし。あげくこの前の水曜日、糸《いと》と再会する直前だよ。ディレクターから『補佐は気楽でいいな』的なこと言われて……」

「うわ、キッツ。てかだからあの時、あんな死にそうな顔してたんだ」

その後、堰《せき》を切ったように職場への文句があふれ出した。久々の再会、美味《おい》しい魚とお酒を前にしているのに、つまらない愚痴ばかり。こんなはずじゃなかった。

だが糸はずっと親身になって聞いてくれていた。共感し、時に軽いノリを交え、僕が愚痴を吐き出しやすい空気を作ってくれていた。

それに甘えているうちに僕は、糸に彼氏がいるのかなど、どうでも良くなった。

むしろ僕と糸はこういう関係の方が、良いのかもしれないとさえ思った。

変に気を遣わないし、カッコつける必要なんてない。元カレ元カノだからこそ弱さも何もかもさらけ出せる、最高の友人関係。

上司の愚痴を言い合って、ゲームの協力プレイをして、観《み》たい映画を共有して。

お互いの恋や結婚を、心から祝福して。

僕と糸は、ただそういう関係で、良かったんだ。

目を覚ますと、そこは見慣れた天井、身体《からだ》に合ったベッドと枕《まくら》。

それでも覚えた強烈な違和感。隣に糸がいた。小さく寝息を立てている。

布団にくるまっている糸。はみ出した足も、首筋や胸元も、触れればたちまち壊れてしまいそうな白い肌。あの頃と同じだ。

「痛ッ……！」

その光景を目の当たりにした途端、目の奥が激しく痛んだ。後頭部から眼球にかけ、千枚通しで突き刺されるような痛みだ。

「あ……」

糸も目を覚ました。露《あら》わになった胸元を布団で隠し、ゆっくりと辺りを見渡し状況を確認。

そうしてあちゃーといった表情を浮かべた。

僕は頭を抱え、枕に顔を埋《うず》めた。糸のそんな顔もこんな現実も、もう見られなかった。

糸に聞こえぬよう、僕は小さく呟《つぶや》いた。

「バカか、僕は……っ」

胸に押し寄せてくるのは、いますぐ死んでしまいたくなるほどの、凄絶《せいぜつ》な後悔。

これでもう糸とは終わり。そう確信した、最悪の朝だった。

第二話　七並べ

僕と糸《いと》は友達になったことがない。

サークルの新歓コンパで出会い、まだ知り合い程度の距離ながら僕が糸に惚《ほ》れ、下手くそなアプローチを続けた結果付き合うようになった。

知り合いから始まり、友達という過程を踏まないまま恋人同士になったのだ。

そもそも僕には、男友達ほど親密な女友達なんてできたことがない。

糸も僕が見てきた限り、親密な友達はみな女の子だった。

そんな僕らが『男女の友情』なんて古来より議論の種になっては毒々しい花を咲かせてきた関係でやっていけるのかどうか、その可否は置いておくとしてだ。僕と糸がそう成ることは、けして不可能ではないと思った。

ただし元カレ元カノという関係から『ただの友人』へシフトチェンジするのは、安易なことではない。一歩、いやさ半歩でも間違った方向に踏み込めば、全てが瓦解《がかい》するかもしれない。それだけ今の僕と糸との繫《つな》がりは繊細なのだ。

それを分かっていたのに僕は、いきなり何十歩も間違った愚行をしてしまったわけだ。

昨晩、愚痴やら昔話で大いに盛り上がり、一軒目の和食店では全然話し足りなかった。そこで二軒目へ。僕の家の近くにあるハイボール専門店に糸が興味を示し、そこで再び乾杯した。金曜日が僕らのフットワークを軽くしていた。

その時は趣味、特にゲームの話題が中心だった。オープンワールドで協力プレイもできる、流行《はや》りのアクションゲーム『Ender Vice』通称エンヴァ。糸はまだプレイしていないらしく、目を輝かせて僕の感想に聞き入っていた。

ただ思いのほか早く閉店時間となってしまい、どこか消化不良のまま僕らは店を出た。

そこで僕は、家に来ないかと誘った。

その時はもっと糸と話したい、糸にエンヴァを見せたいという気持ちが強かった。もし糸が泊まるなら僕はソファで寝ればいい、などと独りよがりなことをフラフラの頭で考えていた。

糸は悩んでいた。それでも最終的には、首を縦に振ってくれた。

途中のコンビニでお酒を買った。ストロング缶を買ったのは、酒に強いところを見せたいという見栄だ。結果としてその一本で、判断力が完全に弾《はじ》け飛んだ。

二時間ほどエンヴァをプレイしたのちに、やってしまった。

すんなりとそういう展開になったのは、糸も酔っていたからか、もしくはノーと言えない圧が僕にあったからか。後者なら僕はもう本当にクソだ。どうしようもないクソ野郎だ。

明けて今朝、落ち込む僕に対して糸は、「やっちゃったね」と苦笑い。

僕が頭を下げて謝ると、糸《いと》は僕の髪をくしくしと撫《な》でた。

「家についてきた時点で、そうなる可能性もあると思ってたから」

糸はもう割り切っていた。もしくは優しい嘘《うそ》をついてくれた。

それでも僕は自己嫌悪のあまり、笑顔でい続けてくれる糸に対し謝ってばかりだった。昨晩の行為もさることながら、その後のフォローも最低。これほど己を嫌いになった日はない。

糸を駅の改札まで送り、部屋に戻ってから僕はずっと布団に潜っていた。

寝不足だが眠れない。しかし自分の足で立つ気力もない。

二日酔いと眠気と自己嫌悪が脳を支配する、地獄の時間が土曜日を蝕《むしば》んでいった。


付き合っていた頃の糸は、酔った状態でのセックスを嫌った。

理由は、全ての言葉や行為がウソっぽくなるから。

どんなに甘く優しい言葉を囁《ささや》かれても、「酒の力がねえと言えねえのか」という気分になって逆に冷めるらしい。「シラフだったらウェルカムですよ冬《ふゆ》さん」と悪戯《いたずら》っぽく笑っていた。

そのくせ糸は、酔うとやけにくっついてきた。

なので結局は行為に及ぶことがほとんどだった。そうして終えると決まって糸は「あーあ」という顔をして、罪悪感を僕に押し付けてきた。その度なんだか僕は負けた気分になったが、「あーあ」という顔が妙に可愛《かわい》くて、最後には謝ってしまうのだ。

そんな甘い記憶が時を経て、絶望へと変換され、僕を責めていた。

「これはもう……どうしようもないくらい嫌われたな……」

当然である。昨晩とった行動の全ては、僕への嫌悪感に繋《つな》がってもおかしくない。

それでも一縷《いちる》の望みをかけ、謝罪の意を示そうと布団の中でチャットの文面を考えていた。

その時だ。一件のチャット通知が届いた。窓の外はもう夕焼け色に染まっている。

「えっ！」

糸からのメッセージである。驚きのあまり僕は秒で開いた。

『エンヴァ！　ダウンロードしたよ！』

そんな一行と共に表示されたのは、ゲームソフトのダウンロード完了を表す画面。

エンヴァ。昨晩ここでプレイして見せたゲームだ。

「……？」

一度アイコンをタップ。うん、糸だ。まごうことなき糸だ。

確かに糸は昨晩エンヴァにかなり興味を示していた。ただそれにしても、このタイミングでその報告。僕はひたすら困惑していた。

迷ったが、ひとまず『おっ』と返した。あえてネガティブな方向に持っていく必要はないだろうと判断したがゆえの『おっ』だ。

返信はほぼノータイムで来た。

『協力プレイってレベル10からだっけ?』

「……?‥?」

とりあえず質問に答える。

『それと、一章をクリアしてからだね』

『それまで、どれくらいかかった?』

『三〜四時間くらいかな』

『おっしゃー、じゃあ今日中にやってやるって!』

そうして糸《いと》は、なんか変なキャラが変なガッツポーズしてる変なスタンプを送ってきた。

僕もまたスタンプを返す。そして心の中で一言。

え? 昨日のこと、なかったことになりました?

＊＊＊

突然の記憶喪失疑惑には困惑しながらも、この事態への迎合はやぶさかではなかった。

昨晩の出来事がリセットされ、関係が継続されるのならそれに越したことはない。完全なる断絶を予想していたのだから当然だ。

許してくれたのか、そもそもそこまで気にしていないのか。

安易な決めつけは厳禁だ。後者だと勘違いすれば、今度こそ取り返しのつかないことになりかねない。僕は僕が思っているより多分にアホだと認識しておいた方がいい。

次に糸からチャットがきたのは、翌日の夕方ごろだった。

『ねー一章のボス的なヤツで詰んでるんだけどー』

糸は社会人になって以来、ゲーム機を起動さえしていなかったらしい。そもそもアクションゲームは昔から不得意なので、難易度高めのエンヴァは相当苦労すると僕も予想していた。

『敵の攻撃パターンを覚えて、なんとか』

『覚えたけどさー、ハンマーぶん回しが絶対避けられんし』

『深追いしすぎてるんでしょ、どうせ』

『なぜ分かった――――っ！』

その後『チャットだるい』とのことで、通話に切り替える。

家で気を抜いているせいか、スマホから聞こえる糸の声には抑揚がなく、ゆるい。聞いているこっちまで力が抜けてしまいそうだ。

『冬《ふゆ》くん、これホントに三時間とかでできたのー？』

「僕はこの会社のゲーム、昔からやり込んできたしな」

『ずりーなぁ。ずりずりバンバンじゃん』

「酔っぱらった状態じゃ、そりゃ無理だ」

『まだ缶ビール一本だから実質ノンアルずら』

「どんな理論だよ。ずらってなんだよ」

『ビール一本に含まれるアルコールはビール一本分ずら』

「レモンのあいつじゃん。ずらってなんだよ」

ア――――っという声にならない引き笑い。糸《いと》のガチ笑いの声だ。

笑い方も、会話のくだらなさも、昔とまったく変わらない。

あまりにも懐かしく、愉快で、心地良くて。一生こうして話していたくなる。

『ビールといえばさー、新宿《しんじゅく》に良さそうなクラフトビール専門店があってさー』

「うん」

『今度一緒に――』

「……ごめん糸、やっぱキツいかも」

心の限界は、あっという間に訪れた。

僕の唐突な拒絶にも、糸の声はゆるく陽気なままだ。

『んー、なにがー?』

「金曜のこと、なかったことにできないわ」

心に刺さったトゲはあまりに大きく、このまま無視して先へは進めそうにない。

糸と友達になりたい。愉快で楽しく、心地のいい関係でありたい。

あるいはもう一度、その先の関係だって、築けるのかもしれない。

そのためには、このトゲを処理しなければならないのだ。

全ては僕の責任な上、いまここで割り切れないのも僕だ。本当に自分が嫌になるが、ここでなかったことにしてしまったら、もっと自分のことが嫌いになる。

『冬《ふゆ》くんは相変わらず、変なところで真面目だねー』

糸は呆《あき》れたように笑っていた。

『普通そんな気にしないでしょ、男の人って』

「気にするよ。僕と糸の関係は、あの頃の思い出は……僕にとっては特別なものだから」

『…………』

「うまく言えないけど……僕は糸と『ちゃんと』していきたいんだ。中途半端なことはしたくないというか、変にしこりが残るような関係は嫌なんだ。あの頃の僕らに、別れちゃったけど今ではちゃんと仲良くやれてるよって、誇れるような関係でいたいんだ」

まだ言語化できていない、心の中で形を保てていない半液体のような感情を、それでも僕はありのままに吐露する。

糸は、聞き入っているのか何なのか、途中から相槌《あいづち》がなくなった。

「だから、最初にちゃんと謝りたいんだ。そうしたらまた、健全な関係に戻れるから」

そうして改めて、ごめんなさいをしようとした、その時だ。

『ダメ』

糸《いと》が制した。それは先ほどまでよりトーンが低く、それゆえ心をきゅっと摑《つか》む。

『謝っちゃダメ』

「え……なんで？」

『なんか、心地良くなくなるじゃん』

僕はその意味がよく分からず、次の言葉を待つ。通話なのでどんな表情をしているのか想像もできず、少し不気味だ。

糸は、堰《せき》を切ったように語り出した。

『いいのよ別に、ちゃんとしなくても。そりゃあの時は少し驚いたけどさ、予想はしてたって言ったじゃん。ダルいんよ、そういう辛気くさいのは。仕事でもないのにちゃんとしたくないんよ。なんかもう私、しんどいんよ。二四時間三六五日ちゃんとするなんてさ、無理なんよ。持続可能じゃないんよ』

「糸……？」

『もう疲れたの。真面目に生きるとか、精一杯働くとか、恋とか結婚とか、どうでもいい』

フラフラと安定しない声色。どこか投げやりな言葉。

こんな糸は、初めてだ。

『ちゃんとしようとか言わないでよ。楽しいだけでいいじゃん。ただ心地良いから一緒にいようよ。あの頃はそうだったじゃん』

　上ずった声はいつしか、ほんのり涙声に変わっていく。

　そうして最後に、消え入るような声で、こう呟《つぶや》くのだった。

『戻りたいなぁ……あの頃に戻りたいよ冬《ふゆ》くん……もう戻れないのかなぁ……』

「…………」

　いま、糸の顔は見えない。でもその言葉と声色から、どんな顔をしているのか想像できた。

　僕はもうひとつ、己の罪を自覚した。

　それは今、床に投げ出された仕事鞄《かばん》の中から、こちらを覗《のぞ》いている。

　使い捨ての温感アイマスク。あの夜、糸がくれたものだ。

　なぜ糸はあの時、僕の目の痛みに過敏な反応を見せたのか。なぜあんなにも眼精疲労の症状や原因に詳しいのか。なぜ温感アイマスクを持ち歩いているのか。

　糸も経験していたのだろう。ストレスによる眼精疲労を。

　糸はとっくに、壊れてしまっていたのだ。

　この社会の中で、僕と再会する前に、僕の知らないところで。

　だからあの夜、僕も聞いてあげるべきだったのだ。彼女が抱える闇《やみ》を、ストレスの原因を。

　それなのに僕は話を聞いてもらうばかり。今頃になってやっと気づいた。僕はあの夜、一体いくつの罪を重ねたのか。

もうそんなことはどうでもいい。いやどうでもよくはないけど、いま糸《いと》が求めているのは謝罪なんかではないのだ。

「……戻るか、じゃあ」

『……え』

「僕らだけ戻っちゃおう。僕と糸が一緒にいる時だけ、大学生のあの頃みたいに何のしがらみもなく、仕事とか恋とか面倒くさいこと抜きで、ただ楽しいことだけしよう」

言われてみれば確かに、なんでちゃんとしないといけないんだ。

仕事でいつも、バカみたいにちゃんとさせられているのに、なんで糸といる時までちゃんとしないといけないのか。社会人としての自覚とか、知らんわそんなの。

こんなうんこみたいな世界で、健全な交友関係を築いて正しく生きろなんて、うるせえ。

糸が求めているのは何のしがらみもない、ただただ心地良いから一緒にいる、ただそれだけの関係。それがどういう形で、どういう色をしているのか、見当はつかない。

でもなんとなく、いまよりもずっと幸せになれそうな気がする。

『現実を見るようなこと言ったら千円』

少しの沈黙を経て、糸はポツリとこう呟《つぶや》いた。

『約束だからね』

「ああ、お互いにな」

『もちろん』

「じゃあとりあえず、クラフトビール専門店で千円分おごるよ」

『ふふ、やった』

それから僕たちは、ゲームの話を再開した。

数分前のやりとりも、金曜夜の出来事も、何もなかったかのように。

そこにあるのは、僕と糸がただ昔のように会話しているという事実だけ。

何が糸を壊したのか。気にならないわけではないが、それを聞くのは今ではない。あるいは知らなくてもいいのかもしれない。糸がそれを求めないのなら。

ふたりでやる七並べほど不毛なものはない。隠しているカードが相手にバレバレなのだから。何を隠しているかお互いに認識していながら知らないフリをするなんて、バカバカしいことなのかもしれない。

それでも僕と糸の七並べは、まだまだ続きそうだ。

第三話　納豆

学食で納豆を食う女。

これが、糸《いと》の第一印象だ。

ＳＦ研究サークルの新歓コンパ前日、新入生の数人で顔合わせと称してお昼を共にすることとなり、そこで僕は初めて糸と出会った。

「皆瀬《みなせ》ちゃん、納豆食べるの？」

糸が持つお盆を見て、他の女子が驚くような瞳《ひとみ》に。糸はからあげ定食に、納豆のパックを追加していたのだ。席を共にする僕ら男子は、声に出さずとも静かに衝撃を受ける。

「女子が学食で納豆食うの初めて見たわ！　しかもからあげ定食に納豆って！」

思ったことの全てを脊髄反射《せきずいはんしゃ》的に言葉にする山田《やまだ》という男が、僕らの口にできなかった本音を笑いながら代弁した。

すると糸は、きょとんとして一言。

「え、学食のからあげって、ごはん進まなくない？」

そういうことじゃねえよ。確かにちょっと薄味だけど。

心ではツッコミを入れながらも、その時の僕はワクワクしていた。プラスチックのお茶碗《ちゃわん》に盛られた納豆ごはんを、やけに綺麗《きれい》な所作で食べ進める彼女から、目を離せなくなった。

僕はそれから糸のことを目で追うようになった。好きになる最初の一歩が納豆だったのだ。

付き合い始めた頃にそれを明かすと、糸は口をへの字にして「いやでも、食べた後にちゃんと歯磨きしたけど？」と言い放った。腹がよじれるほど笑った。

このエピソードから分かること。それは糸が変人、というだけではない。

糸は食にこだわりがある。一食一食を大事に生きているのだ。

もちろんそれは高級志向というわけではない。その時食べたいと思ったものは、何がなんでも食べなければ気が済まないということだ。

カップ麺《めん》が食べたいと思ったら、嵐《あらし》の中でさえコンビニへカップ麺を買いに行く。どんな長い行列にも並ぶ。かき氷のために三時間並んだこともあった。

そのくせ夢の国のなんとかマウンテンの行列に並んだ時は露骨に面倒くさそうにしていた。あの日、糸の一番の笑顔を引き出したのはどのアトラクションでもなく、ターキーだった。

とはいえ店を僕に選ばせることも多く、その度査定されているような気分になった。本人はそんなつもりないらしいが、そのこだわりを見せつけられては気張るというもの。

それと、これは本人に言ったことはないが、美味《おい》しいものを頬張《ほおば》っている時の糸の笑顔が、僕は大好きだった。それゆえ店選びに気を抜いたことはないのだ。

三年の月日が流れ、糸も僕も二十四歳になった。

でもそこだけはきっと、変わっていないのだろう。

＊＊＊

水曜日、糸《いと》とランチをすることになった。

糸は毎日同じ部署の先輩女性と昼を共にしているという。ただその先輩が本日は有給を取得したらしいので、お誘いをいただいたわけだ。

「島村《しまむら》さんは職場の雰囲気とか繁忙期とか関係なく、ほぼ月一で有給取る人だからね。むしろカッケーくらいに思ってますよ、最近は」

糸はニヒルに笑う。どうやら手放しで良い先輩と言える人ではないらしい。

糸と共にやってきたのは、ビルから徒歩五分の商業施設にある焼き魚メインの定食屋。糸は来たことがないと言うので連れてきた。

席につき店内を見渡す。僕らと同様、束《つか》の間《ま》の休憩を焼き魚と共にする方々で溢《あふ》れていた。

「前回と魚かぶりして恐縮ですが」

「焼き魚と刺身じゃ全然違うし、いいよ別に」

「なら良かった」

「まぁちょっと気になったけど」

気になったんかい。

「ここはタッチパネルで注文だから、回転も早くて良いんだ。ほら、先に選びな」

「こりゃどうも。なんじゃい貴様」

「えっ」

突然メンチを切ってきた糸。下手くそな巻き舌でその意図を語る。

「さっきから首から下をジロジロ見おってからに」

「あーごめん。その格好が見慣れなくてな」

糸は例によってオフィスウェア姿。見るのはこれで二度目だが、まだ物珍しく感じる。

「ホンマか？　ホンマにそれだけか？」

お昼の定食屋なので糸もあえて口にしないが、言いたいことは分かる。邪《よこしま》な目で見てんじゃねえだろうな、とのことだ。そりゃ多少は見ているが、それほどでもない。

「わかった、気をつけるよ。今後は眉間《みけん》をガン見する」

「瞳《ひとみ》を見ろや。まーいいけどね。ハラスメント全盛時代だから気をつけなよって話」

「うっす」

「じゃあ最後に、何か言うことは？」

「うん。ごめん」

「似合ってるねだろうが」

「えっ」

と、いつもの無駄話を繰り広げていると、あっという間に休憩時間が終わってしまう。

気を取り直して糸《いと》がタッチパネルに目を落とす。

「どうしよう。冬《ふゆ》くんのオススメは？」

「サバの一夜干し定食か、鮭《さけ》ハラス定食か……あ、あと納豆も美味《おい》しいよ」

「うーん、納豆はいいかな」

「そう？　美味しいよ、魚と合って」

「気になるけど、仕事中だしね」

「えっ！」

驚きが声になって飛び出てしまった。それには糸も隣の席のおっさんもビクッとなる。

「どうしたの冬くん……？」

「な、納豆食べないの……？」

「いやだから仕事中だし」

「歯磨きすればいいじゃん……」

「そりゃそうだけど、お昼休みに納豆ってなんかアレじゃん」

「えええええ……」

落胆が声になって漏れ出る。それには糸も隣の席のおっさんも心配そうな顔をする。

「な、何？　そんなに納豆食べてほしかったの？」

「なんかもうガッカリだよ……」

「納豆ごときでそんな失望されなきゃいけないの……？」

「納豆ごとき！　あぁ……絶対に糸の口から聞きたくなかった……」

そこで糸も僕の言動の真意に気づいたらしい。ため息をつくように告げる。

「もしかして、まだあの学食のこと言ってる？」

「そうだよ……糸といえば恥も外聞もなく納豆を喰《く》らう女だったじゃん」

「あーパチキレそう。ひどい言い草だよ」

糸による衝撃発言の余韻が残ったまま、僕らはタッチパネルでそれぞれ定食を注文。

料理を待つ間、糸は小学生に教えるように解説する。

「あのですね、冬くん。そりゃあの頃の私は、食べたいと思ったものは冬くんからの誕プレを質に入れてでも食べてましたよ、ええ」

糸の場合、冗談に聞こえないから怖い。

「でも社会人になったらさ、もう食べたいものばかり食べていられないじゃんか。飲み会とかランチ会でも、好きなものだけ注文なんてできないじゃん。冬くんだってそうでしょ？」

「そうだけど……でも今は僕しかいないじゃん」

「それでも仕事中には変わりないでしょ。ほら刮目《かつもく》せよ、この制服を」

「似合ってます」

「そうじゃねえよ」

「でもさ……僕らふたりの時間だけは、あの頃に戻ろうって……」

「……むう」

糸《いと》は口をつぐみ、頬《ほお》を膨らませる。複雑な表情だ。

僕はというと、ひととおりスネてみせたが、内心ではまぁそうだよなとも思った。

社会人になるというのは、そういうことなのだ。糸はこの三年の間で、本当の意味で大人になったのだろう。

糸がここで納豆を食べないという選択をするのは、いわば『普通』になった、あるいは社会に適合したことの象徴と言える。納豆ごときで大げさだと思われるだろうが、三年間を共に過ごした僕からすれば、それほどの出来事なのだ。

これはきっと良い変化だ。少なくとも社会人としてはそうなのだ。

だから僕も、ここで納豆を食べない糸を受け入れなければならない。

認識をアップデートしなければ。僕らはあの頃のように楽しいことだけする関係に戻ろうと誓ったが、それでもここが社会の中であることを忘れてはいけないのだ。

「なんつってな。半分冗談だから、気にしないでくれ」

「半分本気なの？」

「そりゃだって、糸が納豆を食べるところを久々に見たかったから」

「どういう願望なのそれ」

そこへ店員さんが料理を運んできてくれた。糸が鮭《さけ》ハラス定食で、僕はサバ味噌《みそ》定食だ。

「それじゃ食べようか。いただきまーす」

「うん、いただきます」

お互いに手を合わせて小さくお辞儀。

僕はまず右手に箸《はし》、左手に小鉢を持つ。すると糸がボソッと呟《つぶや》いた。

「冬《ふゆ》くんは納豆食べるんだ」

「ここに来たら、納豆だけはマストで頼むんだ」

「そんなに美味《おい》しいの？」

「うん。粒が大きくて、豆の味がしっかりしてて、僕好みの納豆なんすよ」

「ふーん……」

ぐるぐると納豆をかき混ぜる僕を、糸はみそ汁を啜《すす》りながら、鮭ハラスに箸をつけながら、チラチラと見つめている。しかして納豆をごはんにかけると、糸が一言。

「私に悪いって思わない？」

「うん、思わない」

絶対に言われると思っていたので即回答。

だって普通に納豆食べたかったし。歯磨きするし。

すると糸《いと》は、ぬるっとした動きでタッチパネルを操作する。

「どうしたの?」

「……私も納豆食べる」

「ん? なんて?」

「私も納豆食べる! 冬《ふゆ》くんだけズルい!」

その宣言には僕も隣の席のおっさんもウンウンと納得の顔。あんたはいつまでいるんだ。

一分足らずで届いた納豆。かき混ぜて、しょうゆを数滴落として、またかき混ぜて。

ごはんと共に口へ運ぶと、糸はへにゃっと笑った。

「くそー、おいしー」

「わー糸が納豆食べてるー。はぁー嬉《うれ》しいなぁ」

「何なの? 私が納豆を食べるのはパンダが笹《ささ》食べるようなものなの?」

「写真撮っていい? あ、セルフィーにしようか」

「良いわけないだろ」

糸は終始恥ずかしそうに、悔しそうに、でも心の底から美味《おい》しそうに、納豆ごはんと鮭《さけ》ハラスを食べていた。僕はなんだか勝ったような気分で、最高のランチを楽しむ。

糸も僕も社会人になったことで、あらゆることが変わってしまった。

それでも糸のこの笑顔は、やっぱりあの頃と変わっていなかった。

第四話　気圧

糸《いと》は昔から気圧の変化に弱い。季節の変わり目や雨の日に頭痛を催すことが多かった。

そしてそういう日には決まって僕にこんなチャットを送ってくる。

『気圧』

何の脈絡もない突然の二文字。妙な圧がある。

要はその前後の文言を打ち込むことすら億劫《おっくう》、とのことらしい。

送られてきたこっちはどう返せばいいのか分からず、当初はこちらも変な頭痛を催していたものだ。慣れてきた頃には、ひとまずのおもんぱかりメッセージを返せるようになった。

そんな糸だが、今でもやはり気圧の変化は天敵らしい。

月曜の朝、僕は通知音で目を覚ます。

糸から送られてきたのは、見慣れた気圧訴えとは一線を画すものだった。

『マジ気圧』

マジがついている。これは判断が難しいところだ。

起きて間もないが、僕はベッドの中でこの一文に込められた意味を推察する。

いつもの頭痛よりも辛《つら》いから『マジ』なのか。あるいは『マジ』をつけることでポップな文面にする余裕がある、つまりはいつもよりも軽いのか。

悩ましいところだが、有識者の僕は後者ではないかと判断した。前後の文言を打ち込むのが億劫、との法則が正しいのなら、『マジ』をつけることは余裕の表れなのだろう。

とはいえ頭痛を催していることに変わりはない。イレギュラーだがこんな提案をしてみた。

『出社前にお茶でもする？　二〜三十分くらい』

通知音のおかげで目覚ましより三十分早く起きた。糸が今いるのが家か電車の中かは分からないが、始業時刻は同じなので大きなズレはないはずだ。

すると、ものの十数秒で返信がきた。

『アリ寄りのキリギリス』

「どないやねん」

ひとりツッコミを入れつつ、僕は出社の準備を始めた。


別に人と会うことで頭痛が軽減されるわけではないが、人と話している方が精神的にはマシになるらしい。糸がかつて話していた。ひとりで苦しんでいると、どんどん後ろ向きなことを考えてしまうのだとか。なので気圧訴えからの通話も、付き合っていた頃は何度かあった。

今回のはそんな経験からの提案だった。

僕は普段より三十分以上早く、会社の最寄り駅に到着。空はどんよりとしている。

糸《いと》はまだ電車の中らしい。僕は一足先に駅からほど近いベーカリーショップに入った。

ホットコーヒーと、甘い系としょっぱい系のパンをひとつずつ購入。飲食スペースのテーブルについたところで、入店する糸の姿を確認した。

近づいてくる糸の顔色を見た途端、僕は言葉を失う。

「……ん」

「おっす……大丈夫か……？」

「マジ気圧」

やべえ、全然ポップじゃねえ。顔が真っ青だ。

マジ気圧の『マジ』は、めちゃくちゃしんどいという意味の『マジ』だったらしい。糸はこめかみを指でグリグリしながら席につく。と同時に僕は席を立った。

「買ってくるよ。ミルクティーでいい？」

「ごめん、ありがと」

「食べ物は、しんどいか？」

「いや……早く胃に何か入れて、バファリン飲みたい」

食にこだわるあの糸が、食事をバファリンを飲むためのプロセスとしか考えていない。これは大変な事態だ。僕は迅速に食糧調達に向かった。

ミルクティーとレタスサンドイッチを差し出すと、糸はボソッと感謝を述べてミルクティー

を一口。そうしてサンドウィッチをちょびちょびとかじっていく。

「そこまで辛《つら》そうなのは初めて見たな」

「年々酷《ひど》くなってる気がする。月に一～二回あるんだ。変な時間に起きちゃってさ、それからもう頭痛で眠れなくなる日。五年後には頭爆発するかも。なんつってガハハ……いっつぅ」

笑えねえ。

「会社休む……のは無理だよな?」

「明日、上司に小言を言われると思うと心置きなく休めん」

「ホントそれな」

糸《いと》が会社に関する愚痴を言う時は、いつも呆《あき》れたような、情けなさそうな笑みを浮かべる。きっと腹の中にいくつも火種を抱えているのだろう。

とはいえ頭痛の種になるような話はかわいそうだ。ただでさえ残り時間は少ないのだから、少しでも楽しい話をして会社へ送ってやらないと。

「今週の金曜楽しみだな。クラフトビールのお店。僕もネットで調べたけど……」

「いたたた……」

「えっ」

「いまアルコールの話やめて……二日酔いを思い出して、頭痛が……」

「そ、そんな連想が……?」

僕はあまり気圧による頭痛とは縁がないため、糸が今どんな苦しみを抱え、何がトリガーとなって酷くなるのか見当もつかない。急ぎ話題を変える。

「えっと、じゃあ……昔の話とか」

「あーダメダメ。昔は良かったなぁって思うと余計に頭痛くなる」

僕はめげずにトライする。

「エンヴァどこまで進んだ？」

「はい残念。三章で行き詰まってもう考えたくもないですね。ムズ過ぎるやろあのゲーム」

「米国株価指数の下落が日経平均に打撃……」

「それはもうシンプルに興味ないよね」

これは遊ばれている。実は結構早い段階から気づいていた。

突然舞い降りた話題警察。頭痛がウソ、ということはないのだろう。僕をからかうことで、頭痛によって削られたＨＰの回復を図っている。いっそたくましい女だ。

「じゃあどんな話がいいんだよ」

糸は大げさに頭を抱えながら答えた。

「もっとこう、倒錯的な話をして」

「倒錯的……？」

「なんかこう、歪《ゆが》んだ欲望というか、誰にも話したことのない常識を逸脱した性癖をさ」

朝のパン屋で何言ってんだこいつは。

「あー聞きたいなぁ、冬《ふゆ》くんの倒錯的な性癖。聞けば頭痛も治るんだけどなぁ」

糸《いと》はもう現時点でちょっと笑っている。朝のパン屋で下ネタ引き出そうと無茶振りをして、笑っている。この行為の方がよほど倒錯的ではなかろうか。

とは言えここでスカせば糸からどんな失望の目を向けられるか分からない。何より逃げるのはプライドが許さない。ここで受け身を取れなければ皆瀬《みなせ》糸の有識者失格である。

僕は真剣な表情、まっすぐな瞳《ひとみ》で糸を見つめ、答えた。

「僕は授乳プレイが好きかな」

「ア―――――っ！」

引き笑いを引き出してやった。これはもう実質僕の勝ちである。

「好きかなじゃないんだよ！　はーおかしい、バカじゃないのー？」

「そっちが言えって言ったんだろうが」

「まさか本当に言うとは……しかも朝のパン屋さんで。やっぱ冬さんは違えなぁ」

渾身《こんしん》の暴露が効いたか、あるいはバファリンが効いたか、糸は先ほどよりかはわずかに健康的な顔色になっていた。

そこで時間切れ。僕らは揃《そろ》って店を出る。

「ありがと冬くん。ごめんね、チャットで起こしちゃった？」

「いや、たまには朝活もいいよな」

美味《おい》しいパンとコーヒーと取るに足らない雑談のおかげで、クソの役にも立たない朝イチの定例会議も無事に無感情で乗り切れそうだ。

同じオフィスビルを目指す道中、糸は声が聞こえる範囲に人がいないことを確認し、小声で話しかけてきた。

「ねえねえ冬くん、倒錯的なこと言っていい？」

「何？」

「今度授乳プレイしてあげよっか」

「もっと倒錯的なこと言っていい？　最高」

最低なパロディの完成に、またも糸は目を見開いて声にならない引き笑い。僕の肩をベシッと叩《たた》くと「バカじゃないの」と咎《とが》める。

不快な湿気にまとわれる曇天の下、僕らはカラカラと笑いながら出社するのだった。

第五話　観覧車

僕ってメンタル脆《もろ》いんだなぁと感じるのは、おおよそ睡眠に影響が出た時だ。

昔からショックな出来事があったり深く思い悩むようなことがあると、なぜか決まって朝の四時に目を覚ます。それから再度入眠できる場合もあるが、大抵はもう眠れなくなる。

その日もハッとして目を開くと同時に、ため息が漏れた。青白くて夜だか朝だかはっきりしないぼんやりとした空が、カーテンの隙間《すきま》から覗《のぞ》いている。

「いっつぅ……」

しかも眼精疲労のおまけ付き。右目がズキッと疼《うず》く。もうダメだこの身体《からだ》。

そこでスマホを見てしまうからダメなのだと、分かっていながら手に取ってしまう。そんな目に優しくないものを見れば余計に眠れなくなるというのに。

こんな時間に誰も何も投稿していないだろうに、SNSのアプリを開く。

しかし、ほんの五分ほど前、馴染《なじ》みのあるアカウントが投稿していた。

『変な時間に起きたから、開き直ってエンヴァ。ゴミみたいな朝活』

糸《いと》である。きっと誰にも向けていないのだろう投稿を、リアルタイムで見つけてしまった。

もしかしたら投稿後にぬるっと眠った可能性もあるので、電話ではなくチャットで連絡。

ほぼノータイムで返信が来た。

『どうしたどうした、こんな時間に』

『なんか起きちまった。そっちもゴミみたいな朝活してんだろ?』

『ミーターナー』

その後『チャットだるい』と糸が送ってきたので、通話を繋《つな》げた。

『もすもすもす』

寝起きでダウナーな糸の声が、スマホから響いて僕の耳をくすぐる。

『そういや冬《ふゆ》くんも昔から、たまに変な時間に起きて眠れなくなるって言ってたね』

「しなしなメンタルの時によくあるんだよなぁ」

『なんかあったん?』

「仕事関係でな。今他社との企画の進行をしてるんだけど。僕みたいな仲介役は、他社と現場の板挟みなんすよ。みんな言いたい放題で味方いないんすよ」

『あー、外部が関わるとロクなことがないのは、どこの業界でも一緒だねぇ』

共感のため息が聞こえてきて、少しは心が軽くなる。

「糸はなんで起きてるんだ?」

『毎度お馴染みプチ頭痛ちゃんです。薬飲んでちょっとは治ったけど、もう寝られんわ。昨日も無駄残業でお疲れだってのに、四時間くらいで起きて、バカみたい』

「無駄残業って?」

『ウチって定時で帰りにくい雰囲気が爆裂してんの。定時で自分の業務を終わらせて帰ろうとすると、俺たちまだ仕事してるのに帰っちゃうんだ〜、みたいなプレッシャーかけてくるの』

「うわぁ旧態依然」

『もしかしてウチの会社って、昭和から時間止まってるのかな。いつか国の無形文化財に指定されたりするかな。こちらがかつて社畜たちを苦しめたブラック企業の精神論ですっつって。見せもんじゃねえぞコラァ』

「ひとりで何言ってんだよ」

僕らの会社はまるで毛色が異なるも、不満の総量は同じくらいなのかもしれない。

変な時間に起きた者同士、仲良くベッドには別れを告げて駄弁《だべ》る。

エンヴァで合流して素材集めに勤《いそ》しみつつ、最近見た夢の話とか、好きなファストフード店ランキングを発表し合うなど、いつも通りの取り止めもない話に興じる。

心も体も不健全な、眠れない大人ふたり。

ただただ孤独に出勤時間を待つよりも、何倍も楽しい時間だった。

『そりゃだって山田《やまだ》くんは昔から……えっ!』

不意に聞こえた驚きの声。スマホの向こうで何かあったらしい。

『あ、ごめん。今ニュース見ててさ……お台場の観覧車、八月で営業終了なんだって』

それは数か月前から小さな話題になっていたニュースだ。

お台場の夜景を象徴する、あの大きな観覧車が営業終了するらしい。「寂しい」などの声が上がり、終了前にお客さんが殺到しているとの情報もある。

僕は乗ったことがないので、あまり思い入れはない。だが糸《いと》は違うようだ。

『あの観覧車……子供の頃に何度か乗ったなぁ。懐かしい』

「そっか。東京育ちだったら馴染《なじ》み深いもんか。やっぱり終わる前に行きたい？」

『うん、絶対に行きたい』

糸にしては結構珍しい、意志の込もった一言。食べ物以外で執着を見せることがあるとは。

「それじゃ、今日これから行こうか」

『えっ』

僕はパソコンでお台場の大観覧車を検索。サイトにアクセスした。

「あー、十一時からか。早朝営業はしてないんだな」

『そりゃそうでしょ。だから休日とかでいいよ』

「いや、なんか今日乗りたい気分なんよ。完全に観覧車の口になってる」

『食うんかい』

「あっ、じゃあさ、今からお台場行って七時か八時くらいからの映画を観《み》て、その後で観覧車に乗ろうよ。この前一緒に観ようって言ってた映画あったじゃん。あれは公開したばっかりの人気作だから……ほらっ、八時の回がある！」

　グイグイと話を進めていると、糸《いと》が「ちょいちょいちょい」とストップをかける。

　子供に言い聞かせるように、糸はゆっくり語りかける。

『あのね冬《ふゆ》くん、エクストリームな午前の予定を組んでるところ悪いけど、何か忘れてない？　私たち、社会人。今日、平日。アンダースタン？』

「体調不良とか言って午前半休すりゃいいじゃん。どうせ残業するならさ。観覧車に乗って、ランチ食べてからなら、ちょうど午後から出社できるし」

『そりゃまぁ……そうだけど……』

　僕の方もけして余裕があるわけではないが、現行の他社企画の山場はまだ先だ。どうせ向こうの返事が来なけりゃ大して動けないし。ならここで一発サボってもいいだろう。

　さて糸はどうか。先ほどの話にもあったが、職場の環境や人間関係に難があるらしい。有給を取るにもご機嫌を伺わなければいけない、と前には愚痴っていたくらいだ。

　ただ、そんな心配を吹き飛ばすような快活な声が、スマホから響いた。

『よっしゃ！　ゴミみたいな朝活、脱却じゃい！』

　大井町《おおいまち》駅で待ち合わせた僕ら。りんかい線に乗り込み、車窓から東京湾を見下ろす。燦々《さんさん》とした朝日を受けて、海は銀を流したように光っていた。

互いに睡眠不足だが、この非日常感にはワクワクしないわけがない。

糸は、これからお台場で映画と観覧車を楽しむとは思えないほどに落ち着いた装い。この後会社へ直行なのだから当然だ。それでも目は爛々《らんらん》と輝いていた。

カフェで軽い朝食をとり、お台場の商業施設内にある映画館へ。

平日朝の劇場内、観客はまばらだった。

僕らが観《み》たのは宇宙を舞台にしたSF超大作。エンドロールが過ぎ、場内が明るくなると、僕と糸は顔を合わせて大きく頷《うなず》き合った。

「いいね！　映像最高だったね！」

「大味映画かと思ったけど、脚本もしっかりしてたな！」

「本当それ！　どのセリフも何ひとつ無駄がない！　完璧《かんぺき》！」

飛び込みのような形で今朝観ることを決めたが、選んで大正解の映画だった。劇場に入るまで僕らの間にあったダウナーな雰囲気は、綺麗《きれい》さっぱり消え去っていた。

そうして高いテンションのまま、僕らは本日のメインへ向かう。

潮の香りが漂うお台場を、僕と糸はポテポテ歩く。太陽はもうすぐ一番高いところへ昇る。すでに気温は上昇し始め、つば広の帽子を被《かぶ》った幼児たちがちょろちょろと走り回っていた。

道中、地図アプリを広げる必要はなかった。目的地は、りんかい線に乗っている時から変わらず、僕らの視界で存在感を示している。

「うわぁー、懐かしぃ――っ！」

大観覧車に近づくにつれ、糸《いと》のテンションもぐんぐん上昇していく。何度もスマホで全景を撮っていた。

その足下に到着すると最高潮に達したようで、「乗ろう乗ろう！」と僕の服を引っ張った。

営業終了まで四か月を切ったせいか、平日の十一時でも数組のお客さんがいた。僕らはゴンドラに乗り込み、対面に座る。前後のゴンドラには誰も乗っていないようだ。

浮遊感も大きな揺れもない。ただその広くなっていく視界だけが、空へ向かっていることを教えてくれる。

「観覧車って、ふたりで乗ったことはないよな」

「だねぇ。一緒に行った遊園地なんて浦安《うらやす》の夢の国くらいだもんね」

「じゃあ僕は中学か高校の遠足以来の観覧車だな。ここは初めてだけど」

「私は確か、高校の時に友達と浮かれて乗ったのが最後かな。ここで」

糸は郷愁を覚えてか、乗る前とは打って変わってしんみりした様子。凪《なぎ》のように落ち着いた表情で東京湾を眺めている。

会社をサボり、映画でアガって、観覧車でノスタルジー。

乱高下が激しい、ほんのり罪悪感が香る寝不足な平日の十一時。

文字通り地に足がついていない僕と糸。感情とは裏腹にどんどん上空へと連れて行かれる。

「ここ、本当に終わっちゃうのかなぁ」

僕に言っているのかも定かでない、消え入るような声で糸は呟《つぶや》いた。

「この辺はいろいろと閉店してるね。新たな都市計画でもあるのかな」

「うーん」

どことなく否定的な音色の「うーん」だ。

「よくさ、『昔の方が良かった』って言うと老害だって揶揄《やゆ》されるじゃん。でも昔の方が良いことって、実際いっぱいあるよね。思い出補正ってだけじゃなく」

「分かる。たまに昔のバラエティとか観《み》ると、全然今よりも笑えたりするもんな」

「そうそう。それに私もさ、大人の今より子供の頃の方がマシだったなーってこと多いもん。素直さというか純粋さというか」

「イヤなことからの逃げ方とか、自分への期待のし方とか、他人への期待のし方とかな」

「あーもう超それな。やめてよちょうど痛いとこ突くの。次言ったら訴えるよ」

変な訴訟を抱えるところだった。

これもいわば、現実を見るような発言禁止令に抵触してしまうのだろう。今回は免れたようだが、リアルに罰金刑を喰《く》らうところであった。

「でもラッキー。今日のランチは千円分、贅沢《ぜいたく》できるじゃーん」

免れていなかった。すごいナチュラルに罰金千円が確定していた。まだクラフトビール千円分の罰金も払っていないというのに。

目線は合わない。体は向かい合っているが、糸《いと》の目線はずっと窓の外だ。

「幸せな時間の速度って、なんでこんなに速いのかな」

「あー」

そっちもそっちで、ちょうど痛いところを突いてくる。

「大学時代は人生で一番楽しくて、人生で一番早く過ぎ去っちゃった。それに比べて今は毎日が鈍重。今日冬《ふゆ》くんと一緒にいた時間はあっという間だったけど、午後からはいつもと同じ、一時間一時間が重くて遅くなるんだぁ……あーやだやだ！　会社行きたくないでござるー！」

そう叫びながら糸はシュバババッとこちら側の席に移動すると、僕の太ももを枕《まくら》にして横になり、ジタバタとしだした。ゴンドラがゆらゆらと揺れる。

「クソガキじゃねえか」

「うるせぇぇー！　元はと言えば冬くんがサボりになんて誘うから、会社に行きたくなくなっちゃったんじゃん！」

「えぇー、僕のせいかなぁ？」

「冬くんのせいだよ！　ぜんぶ冬のせいだ！」

「スキーのＣＭみたいだな」

ギュッと目を閉じて口を「いーっ！」とする糸。

落ち着いた通勤コーデに大人びたメイク。しかしその表情はさながら学校に行きたがらない小学生のようだ。それが面白くてつい鼻をつまむと、すぐさま小指を噛《か》んできた。幼く凶暴な二十四歳会社員である。

「いてて、離しなさい」

「がるるる」

そこそこ強めに噛まれ、慌てて手を退《ど》けると、その拍子に肘《ひじ》が糸の胸に当たった。

その瞬間、糸は目の色を変えた。

「ねー、おっぱい触られたんですけどー」

「そっちが噛んできたからだろうが」

「おたくの膝枕《ひざまくら》を利用していたところ、おっぱいに肘アタックされるという不具合が発生しました。誠意ある謝罪を要求します」

「再発防止に努めます」

「誠意が足りねぇー！　誠意誠意ぃ！」

「クレーマー怖ぇぇ……ランチ奢《おご》るから許して」

「許す〜」

糸はニコニコ笑って両手でピース。ご満足いただけたらしい。

そもそも僕がサボりに連れ出したのでランチくらい奢ろうと思っていたのだが、現実を見たことによる罰金とおっぱい肘《ひじ》アタックの慰謝料という、変な理由づけがなされてしまった。

糸《いと》は起き上がり、膝枕《ひざまくら》サービスの利用をやめる。ただ向かいの席には戻らず。靴を脱ぎ、僕の肩に背中を預けて体育座り。

ゴンドラは観覧車の頂上付近。僕らは東京湾と埋立地を一望できる眺めを見下ろす。

「あー、ずっとここにいたいな。ここで止まってくれないかなぁ」

糸も、僕にとってもそう。

故障した時計のような速度で回るこの観覧車ですら、速すぎる。

今この時に世界が停止したなら、それはたぶん、それなりに幸せな終焉《しゅうえん》なのだろう。

「本当だな。地上には面倒なことがいっぱいだ」

「ねー、ここから出たらもうクソガキじゃいられないんですわ」

と、弱音を吐くのはここまで。糸は「んーっ！」と伸びをして、声に力を宿す。

「でもリフレッシュできた！　なんだかんだ、ありがとうね冬《ふゆ》くん！」

「ああ、なんだかんだ良かったな」

「さーてお昼は何食べよっかなぁ」

いまだゴンドラの中だが、糸はスマホで周辺の飲食店を調べ始めた。

「せっかくの観覧車でスマホいじいじするかね」

「景色飽きーたー」

「おい。いや分かるけど、おい」

僕らはゆっくりゆっくり、歩くよりも遅い速度で、地上へ向かって進むのだった。


ランチはイタリアンだった。

糸が注文したランチセットは、税込みで千三百円。

「おっぱい肘アタックの値段は、実質三百円か」

「ぶっ殺すぞ」

第六話 ―― 新宿

糸《いと》と新たな関係を築いた日から、僕には気になっていることがあった。

あの日、糸はどこか自分をなくしたような口調でこう言っていた。

『もう疲れたの。真面目に生きるとか、精一杯働くとか、恋とか結婚とか、どうでもいい』

職場の労働環境や人間関係に関して、糸もまたストレスを抱えている。お互いに愚痴り合ってきたからこそ理解している。それゆえの頑張って働くことへの反発なのだろう。

では、恋や結婚への抵抗は？

何かしらの誘因がなければ、恋や結婚という言葉は引き合いに出さないのではないか。

それも、ネガティブな何かだ。

今にして思えばあの夜、僕の家に入ってからの糸は、少し自棄《やけ》になっている節が見られた。

糸を誘ったのは僕だが、それを受け入れた理由の一端には、もしかしたら彼女の中のまた別の暗がりがあるのかもしれない。

『僕らだけ戻っちゃおう』

『仕事とか恋とか面倒くさいこと抜きで、ただ楽しいことだけしよう』

こう約束した通り、僕と糸との間に恋愛はない。

元カレ元カノというのは単なる記号でしかなく、知り合いというほどよそよそしくないが、友達というのもまた少し違う。

そんなうまく言葉にできない関係になってから二週間ほど。

それでも僕らは今、とても心地のいい距離感でいられていると思う。

だが、それはある意味で膠着状態《こうちゃくじょうたい》とも言える。何がきっかけで瓦解《がかい》するか分からないのだ。

糸の恋愛事情に触れてもいいものか。触れないままでやり過ごすことは可能なのか。向こうから言うのを待つべきか。あるいは僕から聞くのを糸は待っているのか。

やはりこの七並べは、一筋縄ではいかない。

＊＊＊

それはさておき、僕のお仕事現場は相変わらずうんこだった。

「え……リ、リテイクですか……キャラデザもシナリオも？」

デスクで取引先と通話中、僕のこの一言で同僚らが瞬時にピリついたのち、聞かなかったフリをする流れがありありと感じられた。

その雰囲気に苛立《いらだ》ちを覚え、僕はその場の空気を吸うことさえ耐えられなくなった。席を立ち、通話しながら早足で給湯室へと向かう。

「一度OKをいただいたので、こちらはもう動き出してしまっていてですね。コラボ期間まで時間もなく切迫した状況で……いや、それは重々承知しているのですが……。分かりました、対応します。それであの、修正部分に関しましてもう少し具体的に……あぁ、そうですか」

明らかにこっちが失礼をされているのだから「失礼します」なんて言いたくもないが、僕は「失礼します」と言って通話を切った。

「あぁ、うんこだ……」

給湯室でひとり呟《つぶや》く。それが今の僕につける、最大限の社会への悪態であった。

たった一本の電話からチーム内の全ての業務がストップし、取引先のうんこ野郎の代わりのサンドバッグとして大いに役目を果たしている僕だが、それでも膝《ひざ》から崩れ落ちずにいられるのには理由があった。

本日は金曜日。今夜は糸《いと》と新宿《しんじゅく》のクラフトビール専門店に行く約束をしているのだ。

こんな状況だが、今日はもう残業してやらねえ。残業したところで大して変わらんし。責任の所在をうやむやにして帰ったる。

クラフトビールを飲みながら糸に愚痴を聞いてもらおう。糸なら共感してくれる。お互いにこのうんこみたいな社会にツバを吐いてやろう。

ただそれだけのために、僕は奮闘していた。

しかし、それは五時を回った頃だった。凶報がスマホの画面を照らす。

『ごめん冬《ふゆ》くん。今日、実家に帰らなきゃいけなくなった』

「ガッ……」

変な声が出た。デスクで吐血したみたいな声が出た。それには同僚らも視線を向ける。地獄のようなこの局面で、本当に吐血したと思ったのだろう。

僕はかろうじて、優しめの返信を送ることができた。

『全然いいけど、何かあった？』

『身内の不幸とかじゃないから安心して。父親に呼ばれただけ』

その文面を見て僕は「あぁ……」と複雑に納得する。

糸は、絵に描いたような父権的な家庭で育ったという。

幼少期から糸に対して父親は厳しく接し、怒鳴られた経験は数知れず。本やテレビやゲームなどの娯楽を制限するのはもちろん、進学や就職など人生の全てに干渉してきたようだ。それゆえ就活中の糸はかなり疲弊していたことを覚えている。

付き合っていた頃、かの父親に一度だけ会ったことがある。あまり良い顔はされていなかったので、僕の中ではなかったことにした。なのでどんな会話をしたかもよく覚えていない。

そんな父親からの呼び出しがあったために糸は、あれだけ楽しみにしていたクラフトビール専門店の約束をキャンセルしたのだ。

呼び出しの内容は知る由もないため、僕には何とも言えない。

ただおそらくだが、社会人三年目になっても糸《いと》はまだ、父親に縛られているのだ。

糸の家庭事情を知っているからこそ仕方がないことだと納得できる。

それでも、僕の落胆はとどまるところを知らない。

「山瀬《やませ》くん……デザインの市川《いちかわ》さんが泣き崩れてて……」

「…………」

絶望の中の小さな光さえも消え失せ、僕は心の中で「ハイハイ残業しまーす！」と叫び散らしながら、市川さんの涙を拭《ぬぐ》うサンドバッグになるため席を立った。

＊＊＊

翌日、土曜日の夕方のことだ。

『他に用事があるなら、全然断ってくれていいんだけど』

突然糸からチャットがきた。この一行が届いてから一分以上が経ったのち、もう一行。

『これから飲まない？　クラフトビールのお店で』

『いいね！　ちょうどヒマだったんだ！』

僕は即レスし、在宅での作業を強制終了する。

ゴチャゴチャとした前置きと、一行目と二行目の送信間隔から透けて見える葛藤《かっとう》。間違いない。糸は今、話を聞いてもらいたがっている。

僕は急ぎ着替え、新宿《しんじゅく》へと向かった。


土曜夜の新宿駅は、何がそんなに楽しいのか浮かれた人であふれ返っている。

糸は改札横の壁に寄りかかり、スマホを見るでもなく、汚れた点字ブロックの列をボーっと眺めていた。その姿は、なんだかいつもよりも小さく見える。

「おっす」

「あ、おっすおっす。ごめんねー冬《ふゆ》くん、昨日も今日も急にさー」

僕の顔を見ると、糸は無表情から一変、大げさなくらいの笑顔を見せた。

そうして僕らは靖国《やすくに》通り沿いにある雑居ビルの地下一階、クラフトビール専門店を目指す。人通りが多く、僕は何度か振り返った。その度に糸は無の表情を誤魔化すように「大丈夫、いるよ」といった笑みを顔に貼り付けていた。

店は混んでいたが、奇跡的に丸テーブルひとつ分空いていた。

クラフトビールのグラスをふたつ、注文したら数十秒で持ってきてくれた。フィッシュ&チップスはできるまで少し時間がかかるらしいが、ひとまずお通しのナッツがあれば十分だ。

僕と糸はグラスを突き合わせ、口へ傾ける。糸は一気に半分ほど飲んでいた。

「んんーおいしー！　こんな味なんだー、ちょっとフルーティって感じ」

「こっちのはサッパリしてるわ。なんで店で飲むビールってこんなうまいんだろうな」

「ほんそれー」

それからしばしアイドリングトーク。ビールの味や店の雰囲気などについて軽く話しつつ、僕は糸《いと》が切り出すのを待った。

ただ、なかなか本題に入らない。糸からはどこか受け身な様子が感じ取れた。酔いが足りないのか、もしくは話すかどうかいまだ逡巡《しゅんじゅん》しているのか。

「そういやさ、聞いてくれよ。金曜日なんだけど、最悪のことが起きちゃって」

とはいえ僕も、ただ話を聞いてあげられるだけの精神状態ではない。あるいは糸が話しやすくなるようにと、僕は愚痴を開始する。

糸は思いのほか、食いついてくれていた。

「ゲーム作るのって大変なんだねぇ」

「今回のイベントは外部が深く介入してるからさー。外部が関わるとロクなことがないのは、どこの業界でも一緒でしょ？」

「あーそうだねぇ。相手の動きが鈍重だったりすると余計にね」

「内部だけでも人手不足でピリついてるのにさ。今回はマジで修羅場ってるよ。もう月曜会社行きたくねぇー。市川《いちかわ》さん、立ち直ってればいいけど」

「ハンカチ&サンドバッグ、お疲れ様っす。乾杯」

「フィッシュ&チップスみたいに言うな。乾杯」

二杯目のビールを突き合わせる。

愚痴を聞いてもらったおかげで、僕は情けなく笑えるくらいには心が安定してきた。

「糸はどうなの？　仕事の方は」

「仕事は、そうだねぇ。つまらんね」

「つまらんか」

「うん、つまらん。毎日同じことの繰り返し」

建築コンサルタント会社の経理。その業務が一体どのようなものなのか、ゲームディレクター補佐なんかの僕には見当もつかない。

「最初の頃はよかったよ。領収書の山が色とりどりに見えたね。へーこういう会社とやりとりしてるんだとか、こういうお店で接待するんだってね、大人の世界が透けて見えてさ。でも、そんなキラキラした思考は、最初の二か月までだったよ」

「慣れちゃった？」

「うん。もう領収書の山は、領収書の山にしか見えないよね」

糸は微笑《ほほえ》みに滲《にじ》む嫌味を隠すように、ビールをグッと傾けた。

「領収書は物語にあふれてるよ。でも私はそれを処理するだけの人。だから、つまらん」

「営業に異動とかはできないの？」

「できないことはないんだろうけどさ……営業の同期、毎日死にそうな顔してるんだよねぇ。どれだけ残業してるのか。はー怖い怖い」

「あぁ……」

「ワガママだねぇ私。あっちもダメこっちもダメ」

「いや、普通だと思うよ。おかしいのはたぶん会社の方だし。転職を考えたりは？」

卓球のラリーのようにテンポが良かった会話は、ここで不自然に止まった。糸《いと》は僕の問いを前に、改札で見たような無の表情。そうして間を嫌うようにビールを飲み干した。

「次のやつ頼むか。そういや僕、糸にクラフトビール千円分おごらなきゃいけないんだっけ」

空気を察して話題を変える。糸は不思議そうな表情だ。

「え、なんで？」

「忘れたのかよ。現実見るようなこと言ったら千円ルールの、一番最初の罰金。いまだに判断基準がよく分からんけど」

この関係の始まりとともに生まれた決まり事。僕がそれを破ったのは約束を交わす前だが、お詫《わ》びとして千円分クラフトビールを奢《おご》ると言っていたのだ。

ただ糸は、それを固辞する。

「いいよ。これから私、現実を見るような話するし。イーブンで」

「……そっか」

糸は通りがかった店員さんにまた別のビールを注文。すぐさま届いたそれを一口含むと、「覚悟はいい？」というような瞳《ひとみ》を向ける。僕は小さく頷《うなず》いた。

「冬《ふゆ》くん。なんで私、今の会社に入社したと思う？」

「え、内定をもらったからでしょ」

「他にも内定あったんだ。ＩＴベンチャーの企画部とかデザイン会社の営業とか」

「そうなんだ。じゃあなんで今の会社に？」

「父親が勝手に、内定辞退の電話をかけちゃったんだ、他の会社に」

耳を疑った。聞き間違いかと思ったが、糸の表情を見て僕は息を吞《の》む。

「……そこまでヤバいとは思わなかった」

「うん。この話、おみぃと春《はる》っちょ以外では初めて言った」

糸の大学時代からの親友ふたりだ。

つまり他言してくれるなとのこと。いやできないだろ、こんな話。

「ちなみに親父《おやじ》さんは、他の会社の何が気に入らなかったんだ……？」

「今の会社よりも安定していないというのがひとつ。それと、将来的に責任ある役職に就かないような部署に行かせたがってたね」

「……どういうこと？」

「婚期が遅れるから。でもそれは建前で、本当は女性が活躍するのが嫌いなんじゃないかな」

「……建前の段階で十分に不快なんだが」

話を聞くだけで腹の底が煮えるような人間性。そんな父のもとで、糸《いと》は育ったのか。

「だからね、さっきの質問の答え。転職するかどうかは……父親が死んでくれたら、考えようかなってところですな」

「……そっか」

冗談めかして言っているが、本気なのだろう。

それはつまり、それだけ父親を憎んでいるのと同時に、いまだ逆らえないということだ。歩く、食べる、眠る。それらと同じように糸は父親に従ってきた。本人が言うには大学生になった頃からやっと、その異常性に気づいたらしい。

だが気づいてなお、そう簡単には逆らえない。心が勝手にブレーキをかけるのだという。

一部の人間にとって家庭とは、教育とは、呪《のろ》いなのだ。

「……って冬《ふゆ》くん。なんか引いてますけど、お宅だって同じく毒親でしょ？」

「はは、あーそうだよ。覚えてたか」

「覚えてるよー。すき焼きでお肉を制限された話とか、衝撃だったもん」

「ああ。『こっちの高い肉はお兄ちゃんが食べるんだから、あんたは手をつけるんじゃないよ』って言われたやつな。懐かしい」

糸の家が過干渉なのに対し、我が家は放置か厄介者扱い。

母親には出来の良い兄貴しか見えていないらしく、僕は幽霊みたいなものだった。こちらも
もう、実家などないものとして認識してるからどうでもいいのだが。

「ホント、対極だねぇ私たちの家庭事情」

「な。どちらも真逆の方向にクソだけどな」

昔から、映画や音楽などあらゆる趣味が合わなかった僕と糸。

それでも家族との不和を抱えているという共通点が、かつての僕と糸を結びつけたと言える。

「糸は、昨日の呼び出しは何だったの？」

それに答えるのには、もう一段階ギアを上げなければいけないらしい。糸は無言でビールを
流し込んだのち、話し出した。

「ちょっと前まで、付き合ってた人がいてさ」

あっさりと口にした事実。糸は一段と難しそうな顔をする。

僕はかろうじて「ほう」とだけ言えて、驚きを抑えるのに必死だった。

「その人とは、父親の知り合いのホームパーティ的なとこで知り合ったんだ。半強制的に参加
させられて、すぐさま紹介されたから、ハナからそのつもりだったんだろうね」

糸の父は中小企業の幹部クラス。だからかそういう仕事の付き合い臭がプンプンする場を、
糸は前から経験してきたらしい。

「その流れで付き合うようになった。で、別れたから呼び出された。父親にとって上の立場の人の子だったみたいだから、もうカンカンですわ。昨日の夜にキレられて、言い争って、ムカつくから今日の早朝に実家出てきちゃった」

糸《いと》の実家は東京都多摩《たま》市。早朝に家を出たのなら、僕と会うまで何をしていたのだろうか。と、そんな疑問を口にしなくても糸はつらつら話す。

「マンションに帰ろうとも思ったけど、持ち帰りたくなくてさ。気づいたら大学の頃よく行った場所をフラフラして、キャンパスにも入っちゃった。知ってる？　新しい施設できたの」

「へー知らない。でもなんか作るって言ってたな、そういや」

と、ここで嫌な話題は途切れ、昔懐かしい話にシフトすると思われた。

だが、糸本人がそれを許さない。

「なんで別れたと思う？」

その彼と別れるのは、間接的に父親に逆らうということだ。なら糸が、そんな容易《たやす》く別れる決断へと至るはずがない。きっと想像を絶するような苦悩があったのだろう。

「うーん……どれくらい付き合ったの？」

「半年くらい」

「短いな。じゃあ絶望的に、性格が合わなかったとか？」

「うん、半分正解」

ではもう半分は？　糸は結論から突きつける。

「『恋とかじゃない』って言われたから」

「……どういうこと？」

「その人に聞いちゃったんだ。私のこと好きですかって。そしたら、そう言われた」

「は？」

ここまで聞いても、まだよく分からない。

「相手は三十歳くらいね。要は、三十歳とかになったら結婚を見据えるのが最優先で、惚《ほ》れた腫《は》れたが理由で付き合わないって意味なんだろうね。じゃあなぜ付き合ってるのでしょうか、一体私の何がお眼鏡に適《かな》ったのでしょうか、とは怖くて聞けなかったよ」

ただふつふつと、腹の中が熱くなるのを感じた。

「全然喋《しゃべ》んない人で、性格も全く合わなかったけど、私はちゃんと好きになろうとしたんだ。ちゃんと恋に昇華させようって。そうしたら少しずつ、良いところも見えてきた気がしてさ。うまくいくかもって、そう思い始めた時に『恋とかじゃない』ってさ。こりゃダメだと」

糸は情けなさそうな笑顔で、最後にこう呟《つぶや》いた。

「だって私は、恋じゃない形で男の人と付き合う方法、知らないし」

糸の目に涙はなく、いつの間にかヘラヘラと笑っている。笑い話をした時のようだ。

「それは……その人には悪いけど、正直ないわ」

「ね。なんだろうね。私もそれを経験したせいで、もう疲れちゃった」

糸《いと》はテーブルに突っ伏して、ブツブツと呟《つぶや》く。

「男の人と付き合うの、もう嫌なんだぁ。面倒くさいんだよ、恋とか結婚とか、うるせー」

糸はそんな奴《やつ》相手に、ちゃんと恋をしようとした。でもそいつは、恋とかじゃなかった。

『いいのよ別に、ちゃんとしなくても』

『恋とか結婚とか、どうでもいい』

これらの発言は、その経験に起因するものだろう。今になってその真意が分かった。

「そんなボロボロの精神状態の時に、現れるんだもんなぁ冬《ふゆ》くん」

「えっ、それがこの前の、再会した時？」

糸は恥ずかしそうに、何なら不服そうに首肯する。

これは驚いた。再会自体も奇跡的だが、どうやら僕はルール違反なくらい絶妙なタイミングで、糸の前に登場していたらしい。

「……そんな雰囲気、全然感じ取れなかった」

「まぁ私は、人の顔色ばかりうかがって生きてきましたから。自分を殺して、表情を偽装することなんて屁《へ》でもないんですよ」

強めの自虐を笑ってやると、糸は嬉《うれ》しそうに「笑うなよー」と肩パンする。

「しかしまぁ、なんというか……スゴい時期に再会しちゃったんだなぁ」

「ホントだよ、まったく。ズルイよ冬くんは……ホントに……」

弱々しく肩パンを続けてくる糸。ほんのり、目が潤んでいるように見えた。

するとここで、店員さんがやってきた。

時間制だったらしく、そろそろお暇《いとま》しなければならないらしい。それを知った糸は、ひとつ深呼吸。すると自暴自棄な表情から、いつもの柔らかな笑顔へと塗り変わった。

「それじゃ帰ろうか、冬くん」


時刻は十時過ぎ。店のすぐ前にある信号機は、僕らが退店した瞬間赤に切り替わった。

僕らは横断歩道そばのガードレールに寄りかかり、信号待ち。駅を目指す横断歩道の反対側には歌舞伎町《かぶきちょう》。こんな時間でも、そちら側へ歩を進める男女は多い。

「ありがとう冬くん。急に誘ったのに」

「いいのいいの。僕も楽しかったよ。愚痴も聞いてもらったし」

「私もいっぱい愚痴聞いてもらってスッキリ！　また明後日《あさって》からつまんねー仕事できるわ！」

「……糸、本当に大丈夫か？」

真剣なトーンで尋ねる。糸は、ワンテンポ遅れて答えた。

「何言ってんの、大丈夫大丈夫！」

糸は満面の笑顔で腕を振って、大仰に元気アピール。

たとえそれがカラ元気だとしても、全然大丈夫じゃなかったとしても、今の僕にはどうすることもできない。だからせめて僕も、同じテンションで返す。

「そっか、そうだよな！」

「うん！　とりあえず明日はエンヴァの三章をクリアするわ！　また教えてもらうかも！」

「おお、いつでもチャットしてな！」

ここで信号が青になる。人々が動き出す中、僕もガードレールから体を離して歩き出す。

その時、きゅっと手首を摑《つか》まれた。

「ごめん、冬《ふゆ》くん……あのさ……」

「……ん？」

「全然、断ってくれてもいいんだけどさ……」

糸《いと》は、泣いていた。

「今日だけ……一緒にいてくれないかなぁ……？」

僕は、僕の手首を摑むその小さな手を、ぎゅっと握った。

「うん、そうしようか」

僕らは横断歩道を背に、歌舞伎町《かぶきちょう》へと潜っていった。

ホテルに入るまで僕らは、一言もしゃべらなかった。でも手だけは絶対に放さなかった。

部屋に入ると、どちらからともなく抱きしめ合った。

糸はもう崩れかけていた。強く抱きしめなければ、形を保てないくらいに。耳元で嗚咽《おえつ》が聞こえてくる。僕は糸の頬《ほお》を濡らす涙を親指で優しく拭《ぬぐ》い、「大丈夫」と囁《ささや》く。糸は泣きじゃくりながら、何度も頷《うなず》く。

僕らは、体温を分かち合うようなキスをした。

それは前回と比べれば、スペードのカード一枚分くらいは、幸せな時間だった。

＊＊＊

「ねー、ここの屋上に足湯があるんだって！」

扇情的な赤色をしたソファの上。僕の太ももに足を投げ出して寝転ぶバスローブ姿の糸が、そんなことを言い出した。色々なものをはだけさせ、もはや半裸だが、まるで気にしてない。

「足湯？　ラブホなのに？」

「そうそう！　行ってみようよ！」

断る素振りも見せていないのに、糸は「行きたい行きたいーっ！」と駄々っ子のように足をバタバタ。完全にパンツが見えているが、そんなもの足湯に比べれば些細《ささい》なことらしい。

「んじゃ行くかー。あれ、僕のTシャツどこいった？」

「あ、ごめん、尻《しり》に敷いてた。いや間違えた、温めておきました信長《のぶなが》様」

「変態秀吉《ひでよし》ごっこやめい」

身なりを整えて部屋を出る。

至るところからエスニックな雰囲気を醸し出すラブホテルで、廊下には常にエキゾチックな音楽が流れていた。

「こんな異国情緒あふれるホテルに足湯って」

「いいじゃんいいじゃん。文化のごった煮、好きだよあたしゃ」

屋上に出ると、ヒンヤリとした風が僕らの間を通った。五月もそろそろ終わりだが、今夜は少し冷える。火照っているらしい糸《いと》は「はー気持ちいー」と満足そうだ。

屋上のへりに、いくつかの大きな瓶《かめ》がある。蓋《ふた》を取ってみると湯気が立ち上った。

「あー、あったかい」

「うん、いいね」

ふたりでベンチに座って、同じ瓶《かめ》に足を浸《つ》からせる。熱すぎない、ちょっとぬるめのお湯がじんわりと足から温めていく。

八階建ての屋上なので、それなりに空は高かった。

「『絶景を一望できる！』って書いてあったけど……そういう感じじゃないよねぇ」

「まぁこれを絶景と感じる人もいるだろうよ」

新宿《しんじゅく》の夜空には、あちらこちらにカラフルなネオンや蛍光灯の明かり。

そのどれもが「俺を見ろ俺を見ろ」とばかりにギラギラ煌《きら》めいている。

「はしゃいでる人の光、悪巧みしてる人の光、休日出勤してる人の光……人の世は様々だ」

「ある意味で新宿《しんじゅく》を象徴する『絶景』ですな」

無闇《むやみ》に明るいそんな光景を見つめながら、ふと糸《いと》が、独り言のように呟《つぶや》いた。

「この世界に、孤独じゃない人っているのかな」

「いないよ。孤独じゃないと思ってる人は、自分が孤独だと気づいてないだけ」

「そうだよね」

肯定する糸の声色には、何の感情もない。だが次の言葉には、わずかな切なさが滲《にじ》む。

「でも、そういう人が羨《うらや》ましいよ」

「だな。僕もそう勘違いしていれば、もっと幸せだったかもしれない」

「ね。なんで私たち、こっち側なんだろうね」

こんな場所からでも聞こえる、土曜の夜を心から楽しむ人の騒ぐ声。

同じ世界、同じ空の下にいるのに、とてつもない疎外感が胸に去来する。

「……あれ？　もしかして今、現実見るようなこと言った？」

耐えられなくなって僕は、どこかへ行きそうになっていた心を引き戻す。すると糸も「あ、やべっ」と流れに乗る。

「現実を見るようなこと言ったら千円です」

「ちょっと待ってくださいよ冬《ふゆ》さーん、そっちも言ったじゃないですかー」

「言い出したのはそっちですー。『世界に孤独じゃない人っているのかな』だっけ」

「ほじくり返すなぁー。そっちだって『自分が孤独だと気づいてないだけだ！　キリリッ！』って言ったじゃないですかー！」

「なんだよそいつ、ダセエな！」

「あんたや、あんた！」

僕と糸は笑い合った。まるで僕らを取り巻く全てが冗談であるかのように、世界を俯瞰《ふかん》して見下ろすように、壊れるほどの笑顔を弾《はじ》けさせる。

もう恋人じゃないけど、恋人以上に近い、孤独な二十四歳が隣同士。

今だけはほんの少し、疎外感を忘れられた。

第七話 フェアリーテイル

ラブホの屋上から部屋に戻ってくると、僕らは途端に虚《うつ》ろな倦怠《けんたい》感に襲われた。

日付はとっくに跨《また》いでいる。酔いは残っているし、身体《からだ》も疲れている。でもまだ眠くない。なぜ起きているのかも、なぜ寝ないのかもうまく説明できない、何とも言えない時間である。

糸《いと》はベッドで、僕はソファで寝転がり、互いにスマホを眺めている。

「明日二十五度だって。洗濯しなきゃ」

「あー、俺も布団干したい。午前中には帰らなきゃな」

「うんだ」

基本は無言。たまに発生する会話もこの程度。

ただ、居心地の悪い沈黙ではない。一生このままでいたいとも思う、不思議な空気だ。

とはいえ明日布団を干すというミッションが浮上してしまえば、そうも言っていられない。

「んじゃ、そろそろ風呂《ふろ》入るかー」

提案とも独り言とも取れる僕の言葉に、糸は「んー」と肯定でも否定でもない声を漏らす。

ただ僕がその場で脱ぎだすと、糸は小首を傾《かし》げた。

「お風呂入れてたっけ?」

「え、シャワーだけでよくない？」

「え、今お風呂入るって言ったじゃん」

「いや、今のはシャワー浴びるって意味で……」

この場合の『風呂に入る』は『シャワーを浴びる』の意訳。日本語としてはおかしいけど、なんかそんな感じじゃね。

と、ややこしいことをどう言語化しようか迷っていると、糸はこんなことを言う。

「一緒にお風呂入るのかと思った」

「えっ……あぁ、なるほど」

驚いたが、すぐに納得した。

僕と糸は付き合っていた頃にも、何度かラブホに来たことがある。基本的に金がなかったので数えるくらいしかないが。

そこで決まったルーティンがあった。行為を終えた後、一緒に風呂に入るのだ。

当時の僕の家は風呂が狭く、ラブホに入った時くらいしか一緒に入る機会はなかった。なので僕がよく頼み込んだのだ。

糸は初めの頃はかなり恥ずかしがっていたが、何度か風呂を共にすれば慣れたらしい。いつしか互いに何も言わず、くたびれた体を引きずって風呂場までゾロゾロと連れ立ったものだ。

そのルーティンが糸はいまだに染み付いていたのだろう。この後、当然のように風呂を共にするものだと思っていたのだ。

ただ、それは付き合っていた頃の話だ。

正直、今の僕らは一緒に風呂《ふろ》には入らない方がいいと思う。

僕と糸《いと》は、恋人同士ではない。ではどんな関係か、うまく説明できる気もしない。

つい先ほどこの部屋に流れていた雰囲気のような、妙にダウナーだがどことなく心地いい、フワフワした曖昧《あいまい》モコモコな、そんな関係。

それは恋人同士よりも気兼ねなさそうな一方で、ほんの少し下手こいたら一瞬で瓦解《がかい》してしまいそうな予感もある。

つまり、近づきすぎてはいけないのだ。

「いやー、風呂はいいかなぁ」

ここまでの長い長い逡巡《しゅんじゅん》を言葉にするのも億劫《おっくう》なので、僕はこの一言で回避しようとした。

すると糸は、ちょっと変な顔をしていた。変顔というわけではない。

食い下がる気はない。しかし賛同するわけでもない。どちらとも取れない。

なんというかこう、ぬーんって顔をしていた。

「そっか」

ぬーんって顔で糸はこう応える、ただそれだけだった。

「どうする、先入る?」

「うーん、私シャワーはいいかな」

「え、なんで？」

「だって絶対明日の朝、ヤるじゃん」

「ほう」

「ほうじゃねえよ」

　糸はキッと睨《にら》んでみせるが、途中で堪《こら》えられなくなったらしい。徐々に頰《ほお》を歪《ゆが》ませていき、ついには吹き出した。

　これもまたあの頃のルーティン。ラブホにせよ僕の部屋にせよ、お泊まりした翌日の朝は、ほぼ確実に寝起きで行為に及んでいた。

「だってさ、朝のセックスが一番幸せじゃね」

「……むう」

　カーテンから白い光が差し込むベッドの上、まだ頭が冴《さ》えていない中の戯れのような時間。あのいけないことをしている感覚と、形容できない幸福感が、僕は好きだった。

　あの頃は糸も「わかりゅー」と言っていたが、今では違うのかもしれない。

　糸は僕の発言に対し、明らかな不満顔を見せていた。

「ねえ、あのさ……」

「何？」

「セックスって言うのやめない?」

え、そこ?

「……というと?」

「なんかセックスって言葉、好きくない。言葉が強い。あとなんか生々しい」

これはもう糸《いと》の感性の問題だろう。僕にはイマイチよく分からない。

そんな顔をしていると、糸は仕方ないとばかりに補足する。

「セックスって行為に対して、セックスって言葉が一人歩きして強くなりすぎたのよ。強いのよセックスって。セックスってもっとフワッとしてていいと思う」

「何回セックスって言うんだよ」

よく見れば糸の手には、いつ開けたのかレモンサワーの缶が握られていた。ホテルの冷蔵庫に入っていたものらしい。どうやら糸は眠気と疲れと酔いで、だいぶ仕上がっているようだ。

「だからもうセックスって言うのやめて。フェアリーテイルって言って」

Fairy tale【名詞】おとぎ話
「もう意味が分からんよ。なんでフェアリーテイル?」

「なんか頭ゆめかわって感じでいいじゃん」

「頭ゆめかわ……」

「セックスなんて、そのくらいでいい」

むにゃむにゃと独り言のように呟《つぶや》く。糸はもう半目で起きているのかも分からない。

現実から一番遠い、フェアリーテイル。

糸にとって僕とのその時間が、現実から乖離《かいり》できるおとぎ話のようなものだとしたら、それはきっと彼女にとっていいことだ。

現実を忘れるためにセックスするなんて、と正しい人は言うかもしれない。

ただ、『正しくなさ』でしか救済されない人だっているのだ。こんな世界なのだから。

「じゃ、これからフェアリーテイルのことをセックスって言ったら千円な」

ゆえに僕は、迎合する。

「いいねー、約束だよん」

「つまりは隠語だな。これからはどこでもフェアリーテイルの話できるってわけだ」

「公共の場でフェアリーテイルの話するなし」

「おいさっきと言ってること違うぞ！　一番幸せなのが一番幸せじゃね」

「やっぱ幸せだって思ってんじゃん」

「いいよね〜朝フェ。ちょっとけだるい感じがさ〜」

もう略語ができていた。

どうでもいいけど朝フェって、なんか別のいかがわしい略語っぽくて嫌だな。

「シャワー浴びてくるわ」

「急にどうした」

糸《いと》はベッドから立つと、のそのそと僕の前を通過していく。

「よく考えたら朝から歩き回ってたし、さっきフェアリーテイルしたしで、ベトベト。せめて身体《からだ》だけでも流してくる」

「ああ、それがいい。くせーからな」

「くせー方がいいくせにー」

「それは割りと微妙なところだよ」

アー――っと鳴き声を上げながら、糸は浴室へと入っていくのだった。


「…………………………」

「…………………………」

お互いにシャワーを浴びると、僕らはそそくさとベッドに入った。

ダブルベッドで布団を共にする僕らだが、ふたりの間に流れるのは虚無。

「……なんの話してたんだろうね、私たち」

「糸が言い出したことだろ」

「こんな虚無感に襲われるとは思わなかったんだもん……」

深夜のよく分からないテンションを経て、僕らはえも言われぬ後悔を肌で感じながら、じんわりと眠りにつくのだった。

翌朝、フェアリーテイルはした。

初めまして。私は純喫茶ユニコーンのウェイトレス、花屋敷《はなやしき》と申します。

純喫茶ユニコーンとは、都内でも有数の人気商店街・戸越銀座《とごしぎんざ》商店街から一本入った路地裏に店を構える、小さな喫茶店です。

毎週のようにテレビ取材がやってくる戸越銀座商店街が目と鼻の先にありながらも、喧騒《けんそう》はわずかに届くのみ。こぢんまりとした店内にはマスターがその日の気分で選曲するクラシック音楽が、お客様方の会話の邪魔をしない程度に流れております。

来店するお客様の大半は常連さんですが、休日となるとお初にお目にかかるお客様も少なからずいらっしゃいます。マスターが人見知りなので取材などは基本お断りしているのですが、少しずつ口コミでお店の噂《うわさ》が広まっていると聞きます。ありがたいことです。

さて。休日の昼下がり、店内は常連さんとお初さんで半々といったところでしょうか。

一組を除き、全てのお客様のテーブルには伝票を置かせていただきました。なので私ともうひとりのウェイトレス・ナナちゃんは壁際に立ち、ご用命をお待ちしております。

「花屋敷さん、花屋敷さん」

イタズラっぽいナナちゃんの声が、私の耳をかすめます。

彼女の視線から、お話の内容はおおよそ見当がついております。それでも私より少し背の低い彼女のため、私はわずかに首を傾けます。

「二番席のふたり、ちょっと怪しくないですか？」

ナナちゃんの言うふたりとは、男女のお客様。

男性が三十歳前後なのに対し、女性は十代に見えます。ていうか女子高生ではないでしょうか。あとギャルです。少なくとも親子には見えません。

「あのふたり、カップルなんですかね？」

「うーん……」

「もしかしてパパ活かも、なんて」

十代真っ盛りのおてんば大学生ナナちゃんは、恐れ知らずでヒヤヒヤとします。

正直なことを言えば、私もそういう詮索《せんさく》は大好きです。

けして忙しい時間が長くない純喫茶ユニコーンにおいて、私たちウェイトレスが苦労することのひとつは、ポッカリと空いた時間をどう過ごすか、だったりします。

そうなれば自然と、お客様観察をしてしまうというもの。このお客様は何をしている人なのだろう、このふたりはどういう関係なのだろうなどなど。想像は尽きることがありません。

だからこそ私には、このお店で長年培ってきた観察力、あるいは推理力があります。

コホンとひとつ咳払《せきばら》いをして、小声で私の意見を述べます。

「私は、そういう関係じゃないと思うな」

「え、なんでですか？」

「だって女の子の方が話聞いて聞いてって感じだから。男の人はそれを、微笑《ほほえ》ましく聞いてあげてる雰囲気があると思わない？」

「あー、言われてみれば確かに……」

「それに、さっきお飲み物を運びに行った時ね、おそらく同じ犬の毛がどっちの服にもついているように見えたから……そんなに遠い関係じゃないと思うな」

そんな見解を述べると、ナナちゃんはポカンと口を開けたのち、目を輝かせます。

「そんな細かいところに気づくなんて……花屋敷《はなやしき》さんスゴいです！」

「そんな大層なことじゃないよ。ふたりとも黒っぽい服だから、毛が目立ってただけで」

「いやいや、私は全然気づかなかったですよ。じゃああのふたりは兄妹とか？」

「そうかもね」

肉親特有の空気感はないから、兄妹のようにも見えない。そう思いましたが、口にすればさらにナナちゃんの好奇心を刺激してしまうので、心の中に留めておきました。

いずれにせよ、お二方とも楽しそうだから、いいじゃないですか。

純喫茶とは、お客様同士が会話を楽しむ場所、という側面もあります。

お客様の間柄は様々です。中には不道徳な関係もあるでしょう。ですが私たちウェイトレスは好奇心や先入観を抑え、分け隔てなく接客するのです。

それが、小さくも確かに私の中にある、ウェイトレスとしての矜持《きようじ》なのです。

「じゃあ、あのテーブルの人たちがどんな関係か、分かりますか？」

ナナちゃんは好奇心を別の方向へ傾けました。店の一番奥のテーブルについているお客様方のことです。その問いには私も、余裕を見せて笑います。

「あのお二方は、カップルだろうね」

「ですよねー。それはさすがの私でも分かりましたー」

そのお客様は若い男女のお二方です。距離の近さや会話の雰囲気から肉親や友達以上の親密さが窺《うかが》い知れます。十人中十人が、彼らをカップルだと断定するでしょう。

「はぁー爽《さわ》やかですねぇ。羨《うらや》ましいなぁ……」

天真爛漫《てんしんらんまん》で可愛《かわい》いナナちゃんですが、異性とお付き合いした経験はないそうです。お話を聞いたところ、いわゆる王子様を待っているタイプだと推測しました。ナナちゃんが良き人と出会えることを、私は心より願っております。

そこで件《くだん》のカップルの男性が、こちらを見て手を上げました。私はすぐに歩み寄ります。

「ご注文でしょうか？」

「はい。アイスカフェラテをひとつと……糸《いと》は？」

「クリームソーダで。それとレアチーズケーキをひとつ」

「僕は、えーっと、ベイクドチーズケーキ……」

「却下。チーズかぶり」

「ええ……じゃあ苺《いちご》のタルトで……」

「よし、通れ」

女性の方は、相手のケーキを一口もらうことが前提のようです。

会話のテンポが心地いいお二方で、私は笑ってしまいながらも、注文を繰り返しました。

そして最後にひとつ、付け加えます。

「当店は休日限定で、お飲み物とケーキのセットをご注文されたカップルの方々は、カップル割引が適用されます。なので……」

すると、どこまでも爽《さわ》やかなこのお二方が、声を揃《そろ》えて言いました。


「「あ、カップルじゃないんで」」


「?.?.?.」

青天の霹靂《へきれき》とはこのことです。私の思考は一時、完全に停止しました。

「……失礼いたしました。それでは通常のセット料金でご提供いたしますね」

「はい」

「よろしくお願いします」

「それでは、失礼いたします」

私がテーブルから離れていくと、彼らは何事もなかったかのように言葉を交わします。

「ベイクドチーズケーキ、食べたかったな……」

「許さないよ冬《ふゆ》くん。私がレアチーズケーキを頼んだのにベイクドチーズケーキなんて。この失態は永遠に擦《こす》るから。ただの岩石が観音菩薩《かんのんぼさつ》像になるまで擦り続けるから」

「恐ろしすぎるだろ」

とても仲睦《なかむつ》まじく、ふたりにしか分からないセンスの会話を繰り広げています。

そのやり取り、その雰囲気、その笑顔。

どこからどう見ても、カップルにしか見えません。

『あ、カップルじゃないんで』

そんな私の観察眼を否定するように、脳内で反芻《はんすう》されるふたりの言葉。

「花屋敷《はなやしき》さん、おかえりなさー……って、なんですかその顔!?　何があったんですか!?」

「?・?・?・?・?」

純喫茶ユニコーンのウェイトレス歴、六年。

私はその時初めて、脳がバグりました。

第八話　カラオケ

大学生の頃に戻っちゃおう、と僕と糸《いと》は約束した。

普段は油差しの足らない社会の歯車として大人を全うする僕たちだが、顔を突き合わせるとたちまち社会への反抗として、思考や行動を二十四歳にあるまじきものへと退化させる。

糸はそれを『大いなる退廃』と言った。ちょっとダサくね、と言ったらモモを蹴《け》られた。

であるがゆえに僕と糸は映画鑑賞からのカラオケという、大はしゃぎ大学生のようなことを軽率に行えてしまうのだ。むしろあの頃より経済力がある分、嬉々《きき》として行えるというもの。

「時間はどうする？　一～二時間くらい？」

「えー、なんかそれ普通の社会人っぽくてつまんなーい」

「フリーで入って腹が減るギリギリまで歌ってようぜ！　元取らねえとな！」

「いいねぇ！　アホな大学生っぽくて最高！」

お気に召したらしい。糸はウキウキでカラオケ店に入っていった。

僕と糸は受付を済ませ、部屋に行くまでの道すがらドリンクバーでジュースを注いでいく。

「親の仇《かたき》のように消費してやるわ……！」

「これが資本主義……！」

世にも恐ろしいカラオケの休日料金を前にして生唾《なまつば》をガブ飲みした僕らは、無駄にソフトクリームなんかにも手をつけたのち、部屋に到着する。

L字にソファが設置されている室内は、ふたりで使うには少し持て余すくらい広い。僕はL字ソファの縦側、糸は横側にそれぞれ座る。

「んじゃ冬《ふゆ》くん先どうぞー」

スッとタッチパネルを渡される。カラオケにおいて、その後の勢いを決定づける責任重大な一曲目をぬるっと丸投げした糸は、フードメニューを開いてピザの種類を黙々と数え始めた。ふてぇ女だぜ。

ただそんなことは想定内だ。こういう時に勢いづける曲のひとつやふたつ、レパートリーにある。糸相手なら多少自信のない曲でも……とパネルから送信しようとしたその時だ。

僕は一抹の不安に駆られた。

これ、ラブソング歌っちゃっていいのだろうか?

再三にわたり陳述しているが、僕と糸は恋人同士ではない。元恋人同士であるが、現在僕らの間に恋はない。あるのはただ心地がいいから一緒にいたいという共通認識のみ。

だからこそ、今ここで歌う歌に『意味』を持たせるのはよろしくないのではなかろうか。

不運なことに僕が歌えるテンションの上がる曲は、ほぼ全てにそういう歌詞が含まれている。「好き」だの「愛してる」だの歯の浮くような言葉を、アップテンポな曲調とガチャガチャした音で誤魔化している曲ばかり。なんでこうラブソングばかり横行しているんだ、この国は。

あるいは人生の応援歌チックな楽曲であっても、「君がいたから」的な歌詞でふわっとした第三者の存在を匂《にお》わせている。歌詞に登場する他者の存在をふわっとさせることで、より多くの聞き手が共感できる構造になっているのだろう。あぁ浅ましい。これだから資本主義は。

そして今この場はふたりきり。そんな中、大声で「愛してる」なんて歌えばどうなるか。

考えすぎかもしれない。ただの歌、ただの歌詞に糸《いと》がそこまで反応するとは正直思えない。

ただし糸は時にびっくりするくらい頭がゆめかわになることもある。

「え、これ私に歌ってる……?」と頭ゆめかわな思考へ到達する可能性もあるのだ。

そうなれば、この絶妙なバランスで保たれた関係が危うい。

僕とおそらく糸が望んでいるのは、良く言えばちょうどいい距離感。悪く言えば都合のいい距離感。そこに恋が介在することは許されない。

でもじゃあ──僕らの関係は、最後には一体どこに行き着くのだろう?

「歌わないなら私が先に入れちゃうよー」

思考が大宇宙へと旅立ちかけていたところ、痺《しび》れを切らした糸がタッチパネルをポーンっと奪い取った。そこで僕も我に返る。

「あ、うん……久々で何歌っていいか分からんくなったわ」

「そんな考えるようなことかねー。パパッと歌える曲を入れちゃえば、いいんだよっと!」

糸はスムーズに操作し、最後にモニターに向けて送信。すぐにイントロが流れ始めた。

糸が選曲したのは僕らが付き合っていた頃に流行《はや》っていた、ラブソングだ。

糸は淀《よど》みなく綺麗《きれい》な声で、愛を歌う。

糸の歌は可愛《かわい》い。うまいのではなく可愛い。たまに音程が外れるところがあるのは昔からのご愛嬌《あいきよう》だ。でも昔よりも高い声が出なくなっているようだ。

「考えすぎか……」

「えー!?　なんか言ったー!?」

「なんでも！　好きだなその曲！」

「うん、好きー！」

純粋に、軽やかに、カラオケを楽しむ糸。それを見ていたら自然と頬《ほお》が緩む。

そうしてすぐさま僕も、十八番のラブソングをタッチパネルで検索するのだった。


大学生の頃のように、というテーマでカラオケへと殴り込んできた僕らは、日々の鬱憤《うつぷん》を晴らすかのように歌い続けた。やはり大声を出すのはいいもので、心がスカッとしていく。

しかし、部屋に入って二時間ほど経った頃だ。

僕と糸は予期せぬ問題に襲われ始めた。

「あのさ、糸……言っていい？」

「……ダメ。現実を見るようなこと言っちゃダメ」

「糸《いと》も自覚してるだろ。認めたくないだけで。ぶっちゃけ、長時間のカラオケって……」

「やだ！　言わないで！」

「体力的にもうキツくね？」

「いや――――っ！」

マインドは大学生、しかし体力は二十四歳。

人の体力は二十歳を過ぎる頃から緩やかに衰えていく。二十代の中盤にもなると身体《からだ》のあらゆる部分に不調が現れ、それを自覚するようになる。

僕も、そしておそらく糸も、悲しいかな知ってしまったのだ。

全力でカラオケを楽しめる歳《とし》の頃は、もうすでに過去になってしまったことを。

「カラオケで疲れるなんて……あの頃は全然なかったのに……」

「オールとか普通にしてたのにな。今じゃ絶対無理だ」

「で、でも今はふたりだけだからさ！　休む時間も少ないし……」

「昔フリータイムで六時間、ふたりきりでほぼ歌いっぱなしとかやったじゃん。それが今じゃ二時間でコレか。歳食ったな僕らも」

「うわ――――っ！」

糸はソファで丸くなり、ブルブルと震えていた。

思いの外ショックを受けている。その姿を目の当たりにして、流石《さすが》に僕も申し訳なくなってきた。肩に手を置いてフォローする。

「まぁふたりきりで入ってなに律儀に間を詰めて歌ってんだって話だよな。一旦休憩しよう。あ、何か飲み物持ってくるか？」

糸のコップは空になっていた。が、糸は顔を上げて首を振る。

「……いい。自分で持ってくる。あとお手洗いでありとあらゆるものを出してくる」

「そ、そうか……」

便器は主に二種類しか受け止めてくれないが、指摘はできず。糸は失意の表情でノロノロと部屋から出て行くのだった。

それから五分ほど経った頃だ。僕のコップも空になったので、糸は帰ってきてないがドリンクバーコーナーへ向かう。

するとそこに、糸はいた。だがひとりではない。若い男と会話している。

知り合いかとも思ったが、糸が若干困ったような顔をしているところから僕は察した。

「糸、どうしたー」

「あれ、なんだ彼氏と一緒だったのね。すんませーん」

僕の登場によりその男は、糸と僕に爽《さわ》やかな笑顔を見せ、軽やかに去っていくのだった。

その背中を見つめながら、僕らは苦笑しつつ素直な感想を述べ合った。

「ナンパのくせに、めっちゃいい奴《やつ》そうだったな」

「すごかったよ。風のようにナンパしてきた。そして風のように去っていった」

きっとナンパ慣れしているのだろう。トラブルになるのを瞬時に回避したあの笑顔には、むしろ敬意すら抱ける。

「陽キャ中の陽キャだな。僕もあんな軽やかにナンパしてみたいわ」

「できなくていいよ。冬《ふゆ》くんは陰キャだからこそ冬くんなんだよ。陰キャマインドが冬くんを冬くんたらしめているんだよ。そこんとこ自覚して、ちゃんと」

「あーパチキレそう。怖いぞー、陰キャがパチキレたら怖いぞー」

二人そろって部屋に戻ると、もうタッチパネルになど見向きもせず、僕らはソファに座ってふっと一息。黙っていると、隣の部屋からうっすらとあまり上手くない歌が聞こえてくる。

「いやーでもびっくりした。まさかこんなところでナンパされるとは」

「カラオケでナンパってなかなか勇気がいるよな。ソロカラオケの可能性もあるけどさ、大抵は誰かしらツレと来てるわけだし」

「いやーしかし……私もまだまだ捨てたもんじゃないですねぇ」

よく見れば糸《いと》は、顔に自信を漲《みなぎ》らせている。先ほどの体力低下を痛感していた地獄のような表情から一変、世界の全てを手にしたようなドヤ顔だ。

「あんな数撃ちゃ当たる精神のナンパで喜ぶなよ」

「えへー、だってさー、えへー」

「もし僕がいなかったらついて行ったんか？」

「いやそれは絶対ないけどね。あんなしなびた菅○将暉みたいなチャラ男、無理」

頬《ほお》を緩ませながらも、ナンパにはハッキリとした拒絶反応を示す糸であった。

「彼氏と一緒……うーん、彼氏か……」

ふと、糸がそう呟《つぶや》く。さっきのナンパくんの言葉が引っかかっているらしい。

「ねえ、私たちの関係って、なんて言うんだろうね？」

ついにはこんな難しいお題を出してきた。

「さっきのナンパもだし、花屋敷《はなやしき》さんも恋人同士って勘違いしてたじゃん」

「あー、ユニコーンの花屋敷さんな」

先日ふたりで行った純喫茶ユニコーンにて、僕たちにカップル割引を勧めてきた店員さん、花屋敷さん。名札に書かれたその苗字《みようじ》の美しさに、あの日の僕らはザワついた。それゆえ唐突に名前が飛び出してもすぐに顔が浮かんだ。

「カップルじゃないって言った瞬間の花屋敷さん、すごかったな。あの不自然な間からして、たぶん脳内でハテナが飛び回っていただろうに。僕らの前じゃ全く笑顔を崩さなかったな」

「プロ意識を感じたよね。また見たいな花屋敷さん」

閑話休題。話題は名状し難い僕らの関係について。

「第二の花屋敷《はなやしき》さんを生み出さないためにも、他人からどんな関係か尋ねられてもスッて答えられるようにしないと」

「花屋敷さんを怪物みたいに言うな」

「まぁナンパ相手なら彼氏って言っておくのが無難だけどさ。もし一緒にいる時に知り合いとかに会っちゃったら面倒じゃん」

確かに、もしそんな状況で言い淀《よど》んだりしたら、変に怪しまれてしまいそうだ。

「無難なのは友達じゃない？」

「そうなんだけど……客観的に見て、私っていわゆる普通の男友達がいそうなタイプじゃないと思うんだよねぇ」

「そんなことないでしょ。大学の友達とかなら別にいてもおかしくないし」

「そりゃ連絡先を知ってるくらいの男友達はいるよ。サークルの同期とか。でもさ、休日とか仕事終わりにふたりきりで会う男友達って……友達の中でも相当なもんだと思うんですよ」

「あー……なるほど」

綺麗《きれい》ごと抜きにして言ってしまえば、友達の中にもランクというものは存在する。

チャットする程度の友達と、ランチしたり飲んだりする友達。まずはこの差が大きい。

僕も糸《いと》も、異性の友達と言える人物はほとんどが前者だ。というか僕の場合チャットすら、何らかの連絡事項くらいでしか、女友達から送られてくることはない。

そんな陰キャな僕らが一緒にいるところで知り合いと遭遇し、「あ、ただの友達ですよー」とのたまうのは、なかなかにハードルが高いような気がしないでもない。

「私のことを知ってる人がさ、私と冬《ふゆ》くんが一緒にいるところを見たら、百人中百人が彼氏かそれに準ずる人だと思うだろうね」

「たしかに僕も、変に『友達です』って言ったら、『あー今この子を狙《ねら》ってんだろうなー』って思われるだろうな、確実に」

「そうそう。絶対何らかの恋愛感情を孕《はら》んだ関係だと思われるわけよ。だって陰キャだから。これが陽キャなら『今日はこのメンズとデート（笑）なんですー』とか言えるわけ」

「すげえな陽キャ。無敵じゃん」

こんなところでも現れた、陽キャと陰キャの間の高き壁。しかし無いものねだりをしても仕方がない。陰キャである以上、今持っているもので戦わなければいけないのだ。

「でも糸はさ、今は彼ピ作りたくない時期なんだろ？」

「うん、彼ピ作りたくない全盛期」

「なら、そういう『友達』の存在が、男除《おとこよ》けになっていいんじゃないか？　糸を狙っている男がいるとして、だけど」

「……なるほど、確かに」

恋や結婚などどうでもいいと語る糸にとって、今や言い寄ってくる男も面倒くさいだろう。

そんな男たちでも、糸《いと》が『男友達』とふたりきりで会っていたと知れば……ということだ。

「でも、じゃあ――」

恋人同士と偽ろうか。そう言いかけて、やめた。

それは何かこう、いつかどこかで歪《ゆが》みが生まれそうな気がしたからだ。

「……いや、難しいな」

「ねー、面倒くさいよねぇ」

そこで糸も、目線はフードメニューに落としながら、同様の質問を返す。

「冬《ふゆ》くんはどうなの？」

「何が？」

「カノピ作りたいって気はないの？　もしあるなら私、女除《おんなよ》けになっちゃうよ？」

「いや、僕も正直、いいやって感じ。正直ここ数年で今が一番、精神状態がいい気がするし。何て言うか、楽だから」

「ふーん、そっか」

ふっと訪れる、束《つか》の間《ま》の沈黙。

糸がポツリと呟《つぶや》く。

「じゃあさ――」

顔を上げては、また俯《うつむ》いて考える。

「いや、うーん……」

名前のない僕らの関係。

心地良くて、気を遣わなくて、でも恋じゃなくて、でもフェアリーテイルはする。

現実から遠く離れた、お伽話《とぎばなし》のような関係。

僕らは一体、何なのか。

「……一旦、酒入れるか」

それは思考放棄の宣言ともとれる、安易な酒の誘い。

しかしと言うべきか、やはりと言うべきか、糸は正解だとばかりに指を鳴らした。

「はい天才。それだわ」

「実はさっきから僕、このエナジーレモンサワーってやつが気になってたんだ」

「え、何それいいじゃん！　私もエナジー注入してぇ！」

そうして僕らは流れるように酒とおつまみを注文。

ふたりきりのカラオケで酒を注文するのは初めてで、思いがけず興奮してしまった。これも金銭的な余裕ができた大人の特権である。

マインドは大学生、しかし金銭感覚は社会人。

ゆえにフリータイム三時間目は、酒盛りへと発展するのだった。

結果、ベロベロになった。僕は現在、レモンサワーを片手に電波系アニメソングを熱唱。糸《いと》はそんな僕を見て大爆笑。それはもうゴキゲンである。

「あー、もう無理！　きゅうけーい！」

「お疲れっす冬《ふゆ》さん！　これでノド潤しちゃってくださいよ！」

「あ、これはどうも……ってハイボールじゃねえか！」

「グイッといっちゃってくださいよ！」

「糸が口つけたのはどこ？　この口紅のとこか、いただきます」

「ア――――っ！　変態だ――――っ！」

こんな大人にはなっちゃダメだが、世界一楽しい。

カラオケでの新鮮な飲酒体験によって、ふたりとも異常にハッピーな気分であった。

そこで糸が、何やら部屋をキョロキョロとし始める。

「ねえ、冬くん知ってる？　カラオケでフェアリーテイルするとバレるらしいよ？」

「え、そうなの？　なんで？」

「全部の部屋にカメラがついててね、店員がチェックしてるんだって。で、いよいよそういう雰囲気になったら店員が凸るんだって」

「えー？　こんないっぱい部屋があるのに全部チェックできんのかー？」

「カラオケでバイトしてた子に聞いたんだー。全部のお店がそうなのかは分からないけど」

そこで糸は、小悪魔的に笑う。

「ねぇ、試してみる？　どれくらいで凸ってくるのか」

「えっ……」

糸は「んふふー」と不穏な笑い声を漏らしながら、スススーっと僕のすぐ隣に座ってきた。

そして、何やら挑発的な目で僕を見上げる。

来なよ、来てみなよ。そんな声が聞こえた気がした。

「んっ……」

糸の首筋へ噛《か》みつくように唇を伝わせると、糸は上げてはいけない声を上げた。

完全に、ベッドの上でしか出さない声だ。

それが悔しかったのか、糸も仕返しとばかりに僕の首筋を甘噛《あまが》みしてきた。

自らの匂《にお》いを付け合うように、僕らは首や耳を噛み合い、舐《な》め合う。糸の口から漏れる吐息も徐々に生温かく、そして色っぽくなっていく。

ついに僕は、糸に覆いかぶさるよう座った。

真正面にある糸の顔。もうそこに笑みはない。今にも蕩《とろ》けそうな、雌の顔だ。

してはいけない場所で、してはいけないキスをした。

それがあまりに心を刺激し、僕も糸も、いつも以上に舌を激しく絡ませる。

そうして僕の唇が糸の首から、胸元へ向かった時だ。

「おっつ……」

糸《いと》から変な声が漏れた。喘《あえ》ぎではない。むしろ喘ぎから一番遠い、現実を見たような声だ。

糸の目線はドアの方向。見れば縦長のガラスから、廊下で女性店員がウロチョロしているのが見えた。彼女はしきりにこの部屋の様子を窺《うかが》っている。

あからさまな牽制《けんせい》。テメエらそれ以上イッたら凸るぞと言わんばかりの。

僕と糸はすぐさま距離をとった。互いに服を整える。

「……あるね、カメラ」

「……ああ、確実にあるな」

「……帰るか」

「……うん、帰ろう」

僕らは、そそくさと荷物を整理する。

ふと、糸が近づいてきて、おしぼりで僕の首筋を拭《ふ》いてくれた。

「えっち」

ゾワゾワと耳をなぞる声。糸は全ての責任を僕に押し付けるように、ほくそ笑んでいた。

凄《すさ》まじくどうでもいい駄話から、結構大事な内容まで、いろいろなことを話したような気がするカラオケのフリータイム。

最後の出来事で、全てが吹き飛んだ。

第九話　山田

「え、僕が市川《いちかわ》さんに……？」

直属の上司の思いもよらぬ提案に、僕は動揺した。

ディレクターがランチに誘ってくる時点で嫌な予感はあった。この男は清々《すがすが》しいまでに損得勘定で生きている。損得勘定から手足が生え、酸素と加熱式タバコを吸って生きている。

そんな男がタダで飯を奢《おご》るはずがない。分かっていたはずだが、一食分の食費が浮く誘惑には勝てなかった。それもこれもカラオケの休日料金のせいだ。あと調子に乗って飲み散らかしたせいだ。会計時の僕と糸《いと》は、それはもう震え上がったものだ。

それはそれとして。

ディレクターが僕に命じたのは、同じソシャゲプロジェクトのデザイン班にいる後輩ちゃんとの面談である。新卒三年目の僕が直属の部下でもない後輩に面談、という時点でだいぶイレギュラーだが、その相手がまた厄介なのである。

「市川さん、最近かなりしんどそうですよね……」

「ああ。今にも辞めると言い出しそうだ」

表情筋がガチガチなディレクターは、大して美味《おい》しくなさそうに、何なら不味《まず》そうに海鮮丼《どん》を食す。三口食べるごとに追い醤油《しょうゆ》をするせいで、丼の底がヒタヒタになっている。こういう食い方するやつ嫌いだわー。一生醤油なめてろよ。

「二年目にしていろいろ背負わせてしまったからな。今は少しナーバスになってる」

そもそも背負わせるなよ、二十歳の子に。と言いたいところだが、それはディレクターよりもさらに上の人間の責任でもあるので、指摘しないでおいてやろう。

去年、一線級のデザイナーが立て続けにふたり抜けた直後に入社した市川さんには、専門卒の二十歳には荷が重すぎるほどの仕事量を任せてしまった。ゆえに、あって当然のシワ寄せが今になってやってきたわけだ。

先日の他社との企画で発生したリテイク地獄により、ついに溜《た》まっていたものが溢《あふ》れ出し、泣き崩れた市川さん。当該企画は各々の踏ん張りによってなんとか安定軌道に乗ったものの、市川さんは現在も精神的に不安定になっている。

「なんでそんな市川さんの面談を、僕が……？」

「山瀬《やませ》くんと市川さん、仲いいじゃないか。市川さんが入社した時からずっと」

そりゃ一時期、研修を見ていましたからね。本来デザイン班の人がやるべきなのに、リーダーが突然退社してスクランブル状態だったから。

「市川さんも山瀬くんにになら、多少腹を割って話してくれるんじゃないかな。山瀬くんもいずれ管理職になるんだろうから、その練習がてらさ」

面倒ごとを押し付けて責任逃れする気だろ、どうせ。

「よろしく頼むよ。市川《いちかわ》さんが抜けたら、いよいよマズいからね」

はいハラスメント。何ハラスメントか分からないけど、何らかのハラスメント。暗にプレッシャーをかけてきやがった。てかよく考えたらそんな奴《やつ》ばっかだなこの業界。滅びてしまえ。

というわけで次回、面談で後輩を諭《さと》すの巻。


「すみません……私もう、辞めようかと思って……」

「………」

市川氏、まさかの強行突破である。

キンキンに輝く金髪のボブカットと、いかにもデザイナーな風貌《ふうぼう》の市川さん。真っ白な肌は紅潮し、大きな目には涙が溜《た》まっている。小さな面談室内はまるで取調室のような雰囲気だ。

ただし幸か不幸か、その言葉には確固とした意思が込もっているとは思えなかった。辞める決意をした人間はもっとこう、有無を言わさない顔をしている。悲しいかな、僕はこの二年間で何度かその顔を目撃してきた。

対して市川さんは表情からして、きっとまだ揺れている。

考え直させるチャンスであり、それゆえ責任も重大だ。

いっそ僕を殺してでも辞める覚悟で来てくれたなら、こちらもさっさと諦《あきら》められるのにな。

でもそうなったら現場が死ぬからダメだな。

「ちなみに理由は？」

「キャ、キャパオーバーです……」

もっともだ。それゆえどう諭せばいいか分からない。僕は必死に脳を巡らせる。

「でもさ、一応上の人たちも新しいデザイナーさん雇ってくれるよう動いてるし……」

「そう聞かされ続け、一年の月日が経ちました……」

なんでナレーション風？

「辞めてどうしようと思ってるの？　他のゲーム会社とか？」

「基本的には、それで……」

「もう内定決まってる？」

「いえ……まだ転職エージェントさんと話している段階で……」

まだその段階なら、希望は大いに残っているというものだ。

「一応言っておくと、他社さんでも状況は大して変わらないと思うよ？　いろいろな会社の人と交流したことがあるけど、運用タイトルがあるところはどこも一緒」

「……はい」

「ならここに留まった方が、何かといいんじゃないかな。ウチは比較的待遇もいいし。何より市川さんは子供の頃からウチのゲームをやってて、ここに入るのが夢だったんでしょ？」

「…………は、い」

「ならさ、もう一回考え直した方が……」

「…………」

返事もなくなってしまった。市川《いちかわ》さんはひたすら俯《うつむ》くばかり。

これだから若い奴《やつ》は、と四歳しか離れていないのに思ってしまった。

それから数十秒の沈黙を経て、一晩考えてから結論を出してもらうという形で落ち着いた。

＊＊＊

その日の夜、とある人物と会う約束をしていた。

糸《いと》ではない。が、糸もよく知っている奴だ。僕と糸が大学時代に所属していたSF研究サークルの同期。切り込み隊長、ムードメーカー、マジうるせぇバカなど様々な肩書きを持つ男。

その名は、山田《やまだ》。

「どうよ、月々こんなもんよ？　こんなもんで将来への漠然とした不安と拭《ぬぐ》い去りがたい焦燥を打ち払えるだけでなく、俺との友情が永遠のものになる！　そう思えば安いもんだろ山瀬《やませ》！　聞いてるのか山瀬！　山瀬冬《ふゆ》！」

「マジうるせぇバカだな、相変わらず……」

飲み屋の席についた途端、生命保険のパンフレットを広げだした山田。こうなると予想してはいたが、パンフを出すまでの速度と声のデカさは想定を上回っていた。

大学時代から口も動きもうるさかった山田は、現在は保険会社に勤務している。高校球児のような顔立ちは相変わらずで、いまだスーツに着られている感が拭えない。

ただその愛嬌《あいきょう》と達者な口のおかげで、新卒三年目の保険営業マンとしては優秀なのだろう。

何事も顔に出やすい山田の現在の表情には、余裕と悪戯《いたずら》心が滲《にじ》んでいる。

「なーんてな。ま、ハナから期待はしてねえよ。結婚してねえ、する予定もねえゲーム会社勤務の陰キャが二十四歳で保険に入るわけねえよなっつって。なはは！」

「あーうざい……パチキレそう」

「でももし保険に入るってんなら俺に言えよな。浮気したら許さないから！」

言うだけ言った山田は、一仕事終えたとばかりにグイッとビールを喉《のど》へ流し込む。要は長い目で見た勧誘のつもりだろうが、僕が現状イラついている時点で失敗だと分かってほしい。

「で、どうよ最近」

仕事に関することかと思いきや、違った。答える前に山田が付け加える。

「さっきはノリで『結婚する予定もねえ』って言ったけど、実際のところは」

「そっちか。全然だな、彼女もいない」

「比較的会えるマッチングアプリ教えてやったろ。使ってんのか？」

「ひとり会えたけど、一回奢《おご》らされて音信不通。で、やめた」

山田《やまだ》は目を見開いてから大笑い。バカにしているかと思いきや、いや実際バカにもしているのだろうが、「あるあるネタ」のニュアンスでも笑っているようだ。

「そんなのザラだろ。俺なんて会った五人のうち四人はそれっきり音信不通だぞ。ハナからそれ目当てで登録してる女も多いんだよ」

「お前自身に原因があるとも思うがな」

チャットでは伝わらないマシンガントークぶりに、その四人はさぞ驚いたことだろう。ただ残りのひとりとはうまくいったようで、現在彼女と同棲《どうせい》中だという。マッチングアプリにはいまだ懐疑的な僕だが、この男の行動力と積極性は見習うべきだろう。

「SF研同期の結婚レース、山田が一抜けになったらみんな驚くだろうな」

「まーするにしても、まだ先の話だ」

「そうなのか?」

「ああ。付き合ってまだ一年も経ってないし、彼女は転職したばっかでバタバタしてるから。結婚はタイミングって言うけど、少なくとも今じゃないわな」

山田のくせにちょっとオトナな顔をしやがって、腹立つな。

「同期の男連中はしばらく期待できないだろ。一番早いのは女子だろうな。尾美《おみ》か春野《はるの》か……皆瀬《みなせ》については、何か聞いてないのか?」

「……なんで知ってると思うんだよ」

「そりゃお前、元カレだし。今でも連絡くらい取り合ってねえの？」

連絡どころかよく会ってるし何ならフェアリーテイルまでしてる、なんて口が裂けても言えないけれど、相手が山田であればウソをつくのにも多少の罪悪感は生じる。

と、そんな葛藤《かっとう》から生まれた不自然な間を、何の疑問も持たないまま勝手に埋めてくれるのが山田という男だ。僕の答えを聞かず、思ったことを口にする。

「山瀬《やませ》と皆瀬、いいコンビだったけどなー。別れたのもったいねえよ」

「あー、はいはい」

「てか、なんで別れたんだっけ？」

「さぁな、忘れた」

かといって話題を愉快な方向へと広げてくれないのも、また山田である。

普通話題に出さないだろ、別れた彼女とのことなんて。

「付き合ってた頃の山瀬と皆瀬ってさー、いつも会話とか空気感が自然で、夫婦みたいな雰囲気があったよなー。お前らはそのまま結婚するもんだと思ってたよ」

実際のところ、それは当時、本当によく言われた。

僕が糸《いと》と別れたことを告げると、みな驚愕《きょうがく》するとともに口を揃《そろ》えて言った。

『お似合いだったのに』

それは皮肉でもなんでもない、本心なのだろう。

みんながみんな山田《やまだ》のように無神経な人間ではなかったが、その時に限ってはこぞって別れた理由を知りたがり、僕と糸《いと》のことなのに残念そうなため息をついた。

その度僕は当たり障りのない言葉でかわした。そして心の中では悪態をついていた。勝手なことを言うな、お前らに何がわかるんだと。別れたばかりなので当然すさんでいたのだ。

そうして時を経て今一度、山田の口から雄弁に語られる、僕と糸の最も美しかった時代。

正直、聞いていられない。口におしぼりをねじ込んででもその声を断ちたい。

ただ幸いにも山田という男は、こちらの相槌《あいづち》がテキトーになったところで、気づかず勝手にしゃべり続ける。要は自分の言いたいことが言えていればそれだけで酒が進む男なのだ。

ゆえに僕は、山田の言葉を聞いているフリをしながら、意識を別の方向へ向けさせていた。

自然と思考の中心に鎮座するのは、市川《いちかわ》さんだ。

辞めるか辞めないか、明日の市川さんはどんな結論を下すのだろう。今も悩んでいるのか。あるいはもう覚悟を決め、気付けの酒でも入れているのか。

僕の感触では七割方、退職すると予想している。あの様子じゃ何を言っても無駄だろう。

ディレクターに小言を言われるだろうが、僕は悪くない。すべきことはした。元はと言えば職場環境に問題があるのだ。市川さんにはせめてそこのところをしっかり上に伝えてから飛び立つよう、釘《くぎ》を刺しておこう。言っちゃ悪いがそれなりに現場に迷惑をかけるのだから、それくらいはやってもらわないと。そもそも僕だって入社二年目の頃にはもう大変で――。

「『お前の正しさの中からしか物が言えねえなら、意見する資格はねえよ』」

それはまるで閃光《せんこう》のように、僕の意識の真ん中を穿《うが》っていった。

「……え？」

「あの言葉にはシビれたねー。あの時からみんな、うちらの代の代表はお前になるだろうって考えてたと思うわ」

聞き返しても山田は止まらずに話を続ける。僕は慌てて山田の腕を握った。

「うおっ、なんだよ」

「いや、今の言葉……『お前の正しさの』ってやつ……」

「いやだから、一年の時の梅雨フリマでお前が大窪《おおくぼ》に言ったことだよ。忘れたのか？」

「あ……」

そこまで言われ、思い出した。

それは大学一年次のこと。ＳＦ研の一年生だけで批評誌を制作し、梅雨フリマという文学作品の即売会に出品することになった。

サークルに入って一～二か月くらいの一年生だけで批評誌を制作するなんて無謀な試みは、やはり困難の連続だった。まだ個性も把握できていない者同士の共同作業なのだから。

中でも大窪という男はトラブルメーカーだった。完璧《かんぺき》主義で自分の主張は頑として曲げず、誰に対しても当たりが強い。明らかに大窪《おおくぼ》の存在が作業を遅らせていた。

「そこで山瀬《やませ》がはっきり言ったんだよ。『お前の正しさの中からしか物が言えねえなら、意見する資格はねえよ』って。それで大窪も多少は大人しくなって、無事に出品できたんだ」

「あぁ……あったな」

「今にして思えば大窪の意見も、全部が全部間違いってわけじゃなかったけど、如何《いかん》せん言い方がなー。結局大窪はいつの間にか顔を出さなくなったな。あいつ今何してんだろうなー」

「…………」

「なんだよ、ぶん殴られたみたいな顔して」

「……まさに、昔の自分にぶん殴られたような気分だよ」

つい数秒前、市川《いちかわ》さんに対して僕は何を思っていた？

数時間前、面談にて市川さんに僕は何と言った？

彼女に寄り添おうとせず、僕の中の、あるいは社会的な正しさばかりを押しつけて。

僕は、かつて僕が大嫌いだったタイプの人間に、なりかけていた。

「なはは、なんだよ山瀬！　融通が利かない奴《やつ》になっちまったのか？」

「ああ、うんこみたいな大人になりかけてた。危なかった」

「まー分かるよ。悲しきかな社会に出ると、大窪的な考えにも共感できちまうんだよな。ドンマイ、ドンマイ。みんな通る道だよ気にすんな」

バンバンと肩を叩《たた》く山田《やまだ》。その通りなのだが、無性に平手打ちしたい。

「で、なんでそんな昔の話を引っ張り出してきたんだよ」

「全然話聞いてねえなーお前。皆瀬《みなせ》がいつ、お前に惚《ほ》れたかって話だよ」

そんな話をしていたのか。市川さんのことを考えていて、全く耳に入っていなかった。

「俺には分かるね。ていうか見ちゃったもんね。お前がその言葉を言った瞬間の皆瀬の顔を。あれは完全に、恋に落ちた顔だった」

「……なんだそりゃ」

「いや本当だって！　これが恋に落ちた人間の顔なんだって鮮明に覚えてるんだよ！」

「お前がそんな繊細な顔を認識できるとは思えねえ」

「なんだぁてめえ……昔のてめえの代わりにぶん殴ってやろうかぁ？」

「急にパチキレんなよ」

「あ、あとそれな！　パチキレる！」

ヤカラのような表情から一転、山田は僕を指差して我が意を得たりといった顔だ。

「それ、皆瀬がよく言ってたんだよなー」

「え……そうだっけ？」

「そうだよ。いつからかお前もパチキレるって使うようになってさ。ブチギレるだろ普通は」

「……あー、言われてみれば、そうかも」

「てか口癖どころか、最終的には口調まで似てきたもんな、お前ら」

今では当たり前のように使っている『パチキレる』。確かに、糸《いと》と付き合っているうちに僕も多用するようになっていた。口癖が移っていたことにさえ、今まで気づかなかった。

「パチキレるとか聞くとさ、山瀬《やませ》と皆瀬《みなせ》が付き合ってた頃を思い出すんだよなー。あの頃は良かったよなー。戻りてーわーあの頃に」

「……そうだな」

「あ、でも戻ったら今の彼女がいなくなるじゃん！　俺にはあいつを幸せにする義務があるんだよフザケんな！　俺はもう過去は振り返らねえ！」

「ひとりで何言ってんだよ」

酔っぱらった山田《やまだ》は、普段にも増して中身のないことをベラベラと話し続ける。

相変わらずマジうるせぇバカではあるが、こいつなりに現在は、あの頃とはまた異なる幸せを見つけられたのだろう。

それを嫉妬《しっと》せずにいられるくらいには、その時ばかりは不思議と充足感が心を包んでいた。

『あ～い、糸ちゃんで～す』

十一時過ぎにもかかわらず、電話に出た糸の声はひたすら陽気だ。

「おっす。楽しそうだな」

『ハイボール二本め〜。エンヴァの素材集めが楽しくなっちゃってさ〜、もうストーリーとかどうでもええですわ』

「王国の未来を託した聖帝が泣いてるぞ」

『社畜なんかに託す方が悪いさ〜。それでどうしたの？　車の音聞こえるけど、外？』

ぐちゃぐちゃに交差する首都高の下、僕はその隙間《すきま》から覗《のぞ》く月を見上げた。

「ああ、山田と飲んだ帰り道でな。山田と昔話をしてたら、糸と話したくなった」

『おお〜山田くん！　全然会ってないな〜。相変わらずだった？』

「相変わらずマジうるせぇバカだったよ」

『出た、冬《ふゆ》くんがつけた酷《ひど》いあだ名。あだ名ってかただの悪口だね。で、どんな話したの？』

僕は、僕自身の発言ながら、うろ覚えでそれを口にした。

「『自分の正しさの中からしか物が言えないなら、意見すんなよ』みたいな言葉、覚えてる？　俺が言ったらしいんだけど」

三秒間ほど、糸は沈黙。

『懐かしいねぇ。一年の梅雨フリマの時だ』

糸も覚えているらしい。噛《か》み締めるようにそう言った。

それが、恋に落ちた一言だったのか。酔いのせいで軽くなった口が尋ねかけたが、かろうじて残っていた理性がそれを止めた。

今の僕らが、そんなことを明らかにする必要はない。

「タイムリーすぎて効いたわ。昔の僕にぶん殴られた」

『へー。今の冬《ふゆ》くん、正しさの中からしか物が言えないの？』

「なりかけてたんよ。ちょうど今日、部下の子にそんな態度をとったばかりだからさ」

『はは、なら気づけて良かったじゃん。でも……そうなんだね。気づかぬうちに、嫌いだったはずの大人になっちゃうんだね』

「そう、そうなんだよ。だから、ひとつお願いがあるんだ」

そのために、僕は電話をかけた。糸《いと》の声が聞きたかったのもあるが。

「もし僕が、自分の中の正しさしか映していないような発言をしたら、指摘してほしいんだ。僕は絶対、正しい場所からしか物を言えない人間にはなりたくないから」

『……ふふ、何それ。あと、それってレギュレーション違反じゃないですか～？』

現実を見るようなことを言ったら千円。僕と糸が交わした約束。確かにそれには反する。

でも糸は、たまに痛いことを言ってくれる人であってほしい。

少なくとも僕は、そんな関係がいいのだ。

「ごめん、それだけは特例にさせて。糸しかいないんだよ。そうなりそうな僕をちゃんと殺してくれる人は」

糸は、違反を指摘したわりにはすんなりと受け入れた。

『んふふ、分かったよ。冬くんがそういうことを言ったら、私が首を絞めてあげる』

「ああ、容赦なくやってくれ。僕もやってあげようか？　糸がそういうこと言ったら」

『私、首絞めプレイって全然良さが分かんないんだよねぇ』

「プレイで欲してるわけじゃねえのよ僕は」

『第一、私はおバカな冬くんと違ってそんなこと言わないも～ん』

「いやー、糸もたまにすげえバカだからなぁ」

『あ～パチキレちゃうな～！　今の言い方すっごいパチキレ案件ですわ～！』

そのキラーワードが出て、思わず僕は吹き出してしまった。それには糸も『どしたー？』と不思議そうだった。

それからもう少しだけ僕たちは、平日と平日の間の夜を、何でもない会話で彩るのだった。

＊＊＊

「ごめん市川《いちかわ》さん、お待たせ」

「は、はい……」

面談室に入ると、市川さんは昨日よりもさらに緊張した面持ちで待っていた。

バチバチに金髪の強そうな風貌《ふうぼう》ながら、その顔には今にも砕けてしまいそうな心が投影されている。色白でちまっとしているせいか、押しに弱そうで、実際断れないタイプなのだろう。

僕が対面の席につくや否や、市川《いちかわ》さんは振り絞るような声で告げた。

「すみません、やっぱり私、辞めようと思います……」

「うんオッケー。大丈夫大丈夫」

「え……」

「でも正式な辞職にはディレクターとの面談も必要になるから、面倒だけどよろしくね。僕の方から面談を取り付けるよう言っておくよ」

スルスルと進む話に、市川さんは拍子抜けといった表情。何なら少し不安そうだ。

「で、それを踏まえて聞いてほしいことがあるんだ。おそらく市川さんにとっても損にはならない話だからさ」

と、言った直後に気づいた。なんか怪しい勧誘のような言い回しだったな。

市川さんも同感のようで、明らかに警戒するような表情だ。

「市川さん、まだ転職先を悩んでるんだよね？」

「まぁ……はい」

「僕なりにいろんな人に聞いて、調べてみたんだけどさ」

先ほど出力した、コピー用紙を市川さんに差し出す。

今朝から方々へコンタクトを取って得た、他社の職場環境に関する情報である。

「え、これは……」

「待遇面を考えるとやっぱサーウェスさんが一番だね。化け物コンテンツふたつ抱えてるし。ただ聞いた話だとここのデザイン班は統率第一だから、個々人の自由には動けないらしいよ。クリエイター気質の人の離職率は高めなんだって。市川さんはたぶんそっちだよね？」

「そ、そうですね……」

「自由度だけで考えると、ＧＳさんと陽光さんがいいかなぁ。少数精鋭で、かなり自由にやらせてくれるらしいよ。どっちも新鋭だから将来性は不透明だけど、話題性のあるゲームを運用してるし、やりがいは絶対あるね。社内もキレイでいいらしい」

「は、はい……」

「ちなみに僕のオススメは、ＹＱウィンターさんだね。海外資本で待遇も地味に良い。何よりゲームデザインがいちいちオシャレでカッコいいよね。あとここだけの話、前にここで働いてたデザイナーさんもいて、気さくな人だからいろいろ気を回してくれると思うよ」

と、ここまで話したところで市川さんの顔を確認してみると、懐疑的な感情は薄れて、ひたすらキョトンとしていた。

「市川さんには絶対、デザイナーを辞めてほしくないんだ」

「え……」

「ゲームが好きで、ゲームデザインに希望を持ってデザイナーになってくれたんだし。ゲームが嫌いになって業界から出て行っちゃうのは寂しいじゃん。だからちゃんと、やりがいと労働環境のバランスが保てる自分に合った場所で、つよつよデザイナーになってよ。ウチでそうしてあげられなかったのは申し訳ないけどね」

これが僕なりに考えた、正しさとは別の、市川《いちかわ》さんへの向き合い方だった。

会社のことを考えれば、社会的に見れば、この行動は正しくない。

だが僕はディレクターのような、あるいは大窪《おおくぼ》のような、あるいは僕の母親のような、あるいは糸《いと》の父親のような、自分の正しさの中でしか生きられない人間にはなりたくないのだ。

「あ、ちなみにこの話は他言無用で頼むよ。特にディレクターに知られたら、何を言われるか分からない。この紙も機密文書だから、絶対に流出しないように」

「ふふ、分かりました。気をつけます」

「あと、落ち着いたら転職先の状況も教えてね。この業界の情報通になるつもりなんだ僕は。何より僕も、もしかしたら転職するかもしれないから。ギブアンドテイクの精神で」

「もしかしたら、なんですか？」

そんなに転職したいように見えるのか僕は。まぁ見えるか。

「今のところは考えてないかな。ここまで足を突っ込んだんだし、ここで僕のゲームを作ってやるって気持ちが強いんだ。とことん、ここで戦ってやるって感じ。それと……」

「それと、なんですか？」

「いや、それは良いや。とにかく僕はしばらくここにいるよ」

同僚ではないが、このビルの中には、一緒に現実逃避してくれる奴《やつ》がいるから。

地味にそれが大きかったが、これは僕の心に留めておこう。

それからもう少し、僕と市川さんは情報を分け合った。僕が他社の知り合いから聞いた話、市川さんが転職エージェントに聞いた話を共有。愛社精神から遠く離れた会話がこの面談室で行われていたが、知るか悪いのはそっちだ、とばかりに語り合った。

少しだけ、あの頃の僕に誇れる自分になれた。


余談だが、市川さんは転職を保留にしたらしい。

理由を尋ねると、強気な笑みで一言。

「まだ若いので、もう少し様子を見ます」

クリエイター気質の子は、よく分からない。

太陽になったつもりはないが、北風と太陽のようなオチがついた、そんな小さな出来事。

断じて、山田《やまだ》のおかげではない。

第十話　合コン

どよんとした曇天が続く、梅雨も終盤のとある木曜の夜。

ふと思った。ここのところ糸《いと》に会っていないなと。

最後に会ったのは映画とカラオケに行った日だから、もう二週間以上は前になる。

ゲームの話題でよくチャットをするし、電話もたまに繋《つな》げるせいか、疎遠になっているとは感じない。しかし、ひとたび顔を見ていないことに気づくと、少し気になってしまう。

距離感を大事にすべき関係なので頻繁に会うのはよろしくないが、会わなすぎるのも何だか寂しい気がする。よく分からない関係だな、本当に。

なのでここらで飲みにでも誘ってみるかと、僕は糸へチャットを送る。三週間ぶりならまぁちょうど良いだろう。

日曜はひとりでボーっと過ごしていたい気分なので、土曜日に誘ってみた。

すると返信の代わりに、通話の呼び出しがスマホ画面に映る。

『ごめーん、土曜はたぶん飲みに行くかも』

久々でもない糸の声は、どちらかといえば低調な様子だった。

「そっか、ならしょうがない」

『金曜は？　ちょっと遅くなるかもだけど……』

「明日はおそらく残業祭りだわ」

『だよねぇ……私もたぶん祭るわ。わっしょいわっしょい』

「一応聞くけど、日曜は？」

『日曜はひとりでボーっと過ごしていたい気分です』

「それな。完全にそれな」

ならば来週行けたら行こうか、と話をまとめようとしたところ、妙な雰囲気が糸の声色から漂い始めた。何かモニョモニョと、言葉を選んでいるような様子だ。

そこで僕は、そういえばと違和感に気づく。

土曜はたぶん飲みに行くかも。糸はそう言った。

二日後のことなのに、だいぶ揺れている。あまり行きたくない飲み会なのだろうか。

「土曜は誰と飲みに行くんだ？」

近づきすぎないようにとあえて訊《たず》ねなかったが、糸はどうやら聞いてほしいようなので、僕は軽いノリで踏み込んでみる。糸はモゴモゴしながら答えた。

『ゼミの先輩に……合コンっぽいのに誘われてさ』

「あー、そうなんだ」

合コンという単語を聞いて、ほんのりザワっとしたが、それだけだ。

「だから微妙に面倒くさそうなのか」

『うーん……お世話になった先輩が気を回してくれちゃったから、断りづらくて。安易に彼氏と別れたとか言わなきゃよかったなぁ』

現在の糸《いと》は僕以上に恋愛疲弊期間だ。そんな心境で出会いの場に行くのは億劫《おっくう》なのだろう。

「まー、リハビリ的な感じで行ってくれば？　行くのが億劫な飲み会の七割は、行ってみれば楽しかったりするしさ」

『でも三割だった時のダメージでかいぞぉ。貴重な土曜の夜をドブに捨てたくねぇ……』

「悲観的だなぁ。大丈夫だって。もしかしたらそこで運命の人と出会うかもよ？」

なんて、余裕あるように装った軽口を叩《たた》いてみる。

しかしその実、糸が運命の人と出会ってしまったら、その方とのお付き合いが始まれば、僕はそれなりにショックを受けるだろう。

だってもうこんな他人から見たら胡散臭《うさんくさ》い関係、終焉《しゅうえん》を迎えるだろうから。彼女が元カレと頻繁に飲みに行くことを許す男とか、むしろどうかしてるでしょ。

そう考えれば、糸が合コンなんぞに行くのはちょいとモヤる。

だが止める必要も資格もない。僕らは恋人同士でもないのだから。

すると糸は、「ふーぬ」と言った。

「ふーん」か「ふーむ」の聞き間違いか、もしくはその両方が合体したのか。

いずれにせよ、ちょっとだけ変な空気感を覚えた。

『あ、じゃあさ！　冬《ふゆ》くん土曜日ヒマなんでしょ？』

不意に弾んだ糸の声。何やら急にウキウキとしだした。

『なら土曜日、私のストーカーになってよ！』

「……ん？」

＊＊＊

土曜日、夜七時。水道橋にある創作居酒屋にて。

上品な雰囲気ながら大衆居酒屋のような活気もあり、女性でも居心地がいい店だろう。軽めの合コンをするにはもってこいだ。

そのカウンター席、不倫カップルっぽい男女の隣でひとり、僕は日本酒をちびちびと飲みながらピクルスの食感が愉快なポテトサラダに箸《はし》を付けている。

ただ現状、味に集中できていない。それは隣の不倫カップルのイチャつきが気持ち悪い、という理由だけではない。

すぐ後ろのテーブル席で、糸が合コンしているからだ。

「皆瀬《みなせ》さんは休みの日、何してるの？」

「映画を観《み》に行ったりもしますけど、大概は家で海外ドラマですかねー」

「お酒好きなんでしょ？　なら飲みながら見てるの？」

「いやいや、家でひとりで飲むことはあんまりないですねー」

小綺麗《こぎれい》なオスたちの質問にスルリと答える糸《いと》の声が、背中越しに聞こえてくる。

ウソですよ皆さん。そいつ先週の日曜は赤ワイン一本開けながら『あ◯びき団』の動画見て笑い転げてましたよ。そいつのツボ、ザコ◯ショウですよ。

初対面の男女が入り交じる合コン特有の足並みが揃《そろ》っていない空気を背中でヒシヒシと感じながら僕は、参加者である糸の発言を聞き逃すまいと意識を集中しながらも、「一体何をやっているのだろう」という空虚感とも戦っていた。

なぜこんな奇妙な構図が完成しているのかと言えば、ひとえに糸の異常性に由来する。

『なら土曜日、私のストーカーになってよ！』

『……ん？』

『僕と契約してストーカーになってよ！』

木曜の夜のこと。「あ、今の言い回し、あのセリフに似てる！」という短絡的な思いつきから安易なパロディへと舵《かじ》を切った糸は、冷たい沈黙に耐えられず「うへへぇ……」と照れ笑いを漏らしたのち、なかったことにして話を戻した。

『私が合コンしてる居酒屋にひとりで来てさ、私が合コンしてる様子を観察してよ』

『ええ……それに何の意味が……？』

『退屈な合コンが、冬《ふゆ》くんに見られているっていう特殊なシチュエーションを噛《か》ませることによって、なんか興奮する気がする。絶対に楽しい』

『マジで何言ってんだよ……』

『冬くんも絶対興奮するよ！　見てはいけないものを見てる感じで、背徳感があってさ！』

この異常な熱量に押され、結局僕は糸の合コン現場についてきてしまっている。

最近の糸はあの頃と異なり、たまに悪趣味な提案をしてくる。カラオケでのアレもそうだ。だいぶ倒錯的な思考や欲望に身を委《ゆだ》ねていると言っていい。

ただ悔しいことに……良いところを突いてくるんだよなぁ。

「皆瀬《みなせ》さん、本当に彼氏いないの？」

「そうは見えないよなー。落ち着いてて安心感があって、実は一番モテるタイプでしょー」

「いやいや、そんなことないですよー」

狙《ねら》っているのかどうなのか糸を褒《ほ》めちぎる男性陣と、それを素直に受け取って嬉《うれ》しそうな声の糸。そしてそれを盗み聞きして、ビー玉のような目で手羽先を食いちぎる僕。

恋人じゃない、友達のような変な関係の子の合コン現場に居合わせている。

この異様な状況に対する気持ちを、僕はうまく言葉にできない。

背徳感・虚無感・羞恥心《しゅうちしん》などあらゆる感情が入り混じり、脳が破壊されそうだ。しいて言えば心がホガホガとする。ホガホガとするのだ。

そうなんですよお兄さん方。皆瀬《みなせ》糸《いと》って女子はクラスにひとりはいそうでいない、不思議な魅力があるんですよ。分かってますね。そう言って男性陣の肩を叩《たた》きに行きたくなる。

行ったらどうなるかな。ご本人登場みたいなノリで。たぶん地獄みたいな空気になるだろうけど、糸は気絶するほど笑うだろうな。

「そうなんだよー。糸って学部内でも結構ファンがいたんだよね。『あの子誰？』って他のゼミの男どもによく聞かれたもん」

そう言うのは糸を合コンに誘ったという先輩の女性だ。

あなたのせいで僕は今ホガホガしてるんですよ。どうしてくれるんですか。てかその情報、初耳なんですけど。糸ってそんなにモテてたの？

「なのに大学四年までずっと同じ男の子と付き合ってたんだよ？　もったいないよねー」

なんちゅうこと言うんだ貴様。もったいないってどういうことだ。そんなこと言って元カレに悪いと思わないのか。人の心がないのか。

「ッ……ゴホッ」

「ん、どうしたの糸？」

「す、すみませんっ……気管に入っちゃって、もう大丈夫です……ぶふっ」

おい笑ってんじゃねえぞ糸コラ。これが目的か？　これがお前の求めていた景色なのか？

僕の心は泣いてるぞ。土曜の夜になんちゅう複雑な精神攻撃してくれてんだ。

その時、男性陣の中でもしゃべり上手な男がこんなことを言う。

「でも逆に言えば糸ちゃんは、それだけその元カレくんが好きだったんだ？」

「えっ……あはは、まぁ……」

初対面の女性をちゃん付けで呼ぶその馴《な》れ馴《な》れしさは、何を食べれば実装されるのだろう。別にいらないけど。というかそろそろ元カレの話やめませんか？

「じゃあなんで別れちゃったの？」

「っ……」

僕は思わず、ほんの少し振り返る。

外資系勤務らしいその男は、茶髪で色白で小顔の雰囲気イケメン。彼に問われた糸は困ったような表情で目を泳がせる。

一瞬、ほんの一瞬、視線が合った。僕はとっさに向き直る。

「まぁいろいろあって、ですよ」

「えー、気になるなー。分かった、浮気されたとかだー？」

よし殺すかあいつ。その無駄に高い鼻をへし折ってやろうか。このとっくりで。

と、青筋を立ててみたものの、すぐに治まった。

「それはないですよ。優しくて良い人でしたから」

糸《いと》は、丁寧な口調でそう言った。

僕にも聞こえるくらい、はっきりと通る声で。

僕は単純な男だ。ウソみたいにスッと怒りが治まってしまった。

いやいやこんなことでパチキレませんよ僕は。だって優しくて良い人だからね。

すると例の雰囲気イケメンは、しつこいことにまだ追及する。

「なおさら気になるなー。なら、その元カレがヨリを戻そうって言ってきたらどうするの？」

「えっ」

「えっ」

思わず僕も「えっ」が出てしまい、隣の不倫カップルが怪訝《けげん》な目で見てきた。幸い合コンのテーブルまでは聞こえなかったようだ。

僕は振り返れなかった。糸がどんな顔をしているのか、見たいけど見れない。

「え、えっと……」

糸が答えようとしている。僕は耳をすませ、次の言葉を待った。

しかし聞こえてきたのは、糸以外の女性ふたりによる痛烈な意見。

「いやいや元カレとヨリを戻すなんてナイナイ！」

「絶対ありえないわー！　元カレなんて、世界で一番嫌いな男なんだから！」

「えっ」

「えっ」

またも「えっ」が出てしまった。

こっち見んな不倫カップル。お前らの全て、家庭と職場で明るみに出ろ。

「い、いや……絶対ないってことは……」

別の男性が僕の気持ちを代弁するも、糸の先輩は笑い飛ばした。

「いーや絶対ないね。別れたけど今でも自分のことを好きでいてくれてるはず、なんて幻想を抱いてるのは男の方だけだよ。女の方は綺麗《きれい》さっぱりなかったことにしてるから」

「ええ……？」

望みを断ち切るが如《ごと》く、吐き捨てられる男性陣と僕。

僕はまた別の意味で、振り返れなくなっていた。

そこで、またも話を自分の方へ引き寄せるのは雰囲気イケメンだ。

「ははは、でもじゃあ糸ちゃんは、未練は全くないんだね？」

「あ、あはは……」

「なら俺たちにもチャンスはあるってことだ、やったね」

「ちょっと前原《まえはら》ガツガツ行き過ぎー。酔ってんじゃなーい？」

「えー、そうすかー？　あ、とりま全員、連絡先交換しましょうよー。忘れないうちにね」

そうして合コン会場は、連絡先が入り乱れるサービスタイムに発展する。

「あ、糸《いと》ちゃんのアイコン、エンヴァじゃん」

「あ、そうです。最近ハマって」

「俺もハマってるよー。今度協力プレイするべー」

「あはは、良いですね」

あ、どうしよう。なんかすごいホガホガする。凄《すさ》まじいホガホガが心に押し寄せてきた。

僕のホガホガなど露知らず、合コン会場では連絡先交換が終わっていた。

すると女性のひとりが「お手洗い行きたい」と言い、女性陣三人が席を立った。

トイレがあるのはこちら側。糸たちは僕の背中に向かって歩いてくる。

ちょんっと、背中に小さな感触。

最後尾を歩く糸が、誰にも気づかれないよう僕に触れた。

わずかに交わった視線。糸の表情は愉悦に浸っていた。その顔がほんのり紅潮してるのは、酒のせいか、それともこのシチュエーションのせいか。やけに色っぽく見える。

興奮した？

そんな声が聞こえた気がした。

その扇情的な顔を目の当たりにして、まだまだ合コンが続くのだという事実を再認識して、僕にできることはもう、ひとつしかなかった。

「すみません。強めの日本酒、もらえますか？」

夜でも蒸し暑い水道橋駅前。欄干に身を委《ゆだ》ねて川を眺めていると、ポンと肩を叩《たた》かれた。

「いやー冬《ふゆ》くんお疲れちゃーん」

「ん。他の人たちは？」

「みんな二次会だって。私は明日早いって言って、抜けてきちゃった」

お酒で顔が赤らんでいる糸は、かなり満たされているような笑顔だ。

あの後も合コンは盛り上がっていた。席交換によって糸と雰囲気イケメンが隣同士になり、僕に聞こえない声で会話している場面もあった。後半にはゲームも始まり、その罰ゲームで糸が下ネタを言う場面もあった。その全てを、僕は背中で感じ取っていた。

合コンは二時間でお開きになった。僕が糸たちよりも早く会計を済ませて店の外に出ると、すぐさま糸からチャットが届いた。駅で待っててと。

「盛り上がってましたね」

「うん！　冬くんがいてくれたおかげで一枚おもしろフィルターがかかったというか、マジで最高だった！　そこそこつまらん合コンが、おもしろ合コンに早変わりだったよぉ！」

恍惚《こうこつ》の表情で頰《ほお》に手を当てる糸。良い趣味してやがる。

「それで冬くん、この後どうする？　どこかで飲み直そっか」

「……いや、ウチで飲もう」

糸《いと》は少し驚いた表情を見せたのち、にししっと笑う。

「おやおや、今日はやけに大胆ですね冬《ふゆ》さん。もしかして興奮しちゃいました？」

「当たり前だろ」

「えっ」

僕は糸の肩をガッと摑《つか》み、こちらへ引き寄せる。

「こっちはもうずっとホガホガしてんだ」

「ホガホガ……？　よく分からないけど冬さん……だいぶキマっちゃってます？」

「全部糸のせいだからな。糸のまいたタネだから」

心のタガはとっくに外れていた。酒を入れることで、なんとか今まで抑えていたのだ。

「ほら行こう。電車が来る」

「あ、あのぅ……もしかしてこれから私、めちゃくちゃにされます？」

「……さあ行くぞ。土曜の夜は長いんだ」

「あわわ～……」

僕は糸を引きずって、改札の中へ消えていく。

僕と糸はその夜、一滴の体力も残らないほど、フェアリーテイルした。

第十一話　卵かけごはん

セミの鳴き声が聞こえる。窓の外で激しく喚《わめ》いている。

起きたら隣に糸《いと》がいた。シングルベッドにて、僕らは身を寄せ合うように眠っていた。

この家で糸の寝顔を拝むのは二度目だ。

一度目は飲みに行った日の翌朝。今となっては関係の再構築を叶《かな》えた分岐点とも言えるが、当時はその幸せなはずの光景を前に、重く深い罪悪感で絶望したものだ。もはや懐かしい。

そして二度目。前回よりも遥《はる》かに清々《すがすが》しい幸せな目覚めだ。精神的には。

では肉体的にはどうかというと、身体《からだ》のあちらこちらから悲鳴が上がっていた。

「……ヤりすぎた」

昨晩、糸の合コン現場を観察するという特殊シチュエーションが目覚めさせたのは、僕の中に潜んでいた獣の一面だった。糸自身もまさかあの軽い提案が僕にとってここまでの興奮材料になるとは思っていなかったのだろう。

結果として、フェアリーテイルは朝まで続いた。それはもう激しく、動物のように。

何がとは言わないが、取れるんじゃないかと思った。

窓の外が明るくなり始めた頃、僕らは息絶えるように眠りについたのだった。

「んがっ……んん……」

昼過ぎ、僕は空腹で目を覚ましたが、糸はまだイビキをかいて爆睡中。白目もむいている。

首から下はもう、あられもない姿になっていた。

「すまん糸……安らかに眠れ」

僕はそっと糸のまぶたを下ろし、せめて綺麗《きれい》な寝顔にしてやった。

そしてタオルケットをかけてやろうと、足元で広がっていたソレを糸の胸元まで引っ張る。

「うわっ……」

目の当たりにしたのは、ベッドに転がる数々のコンドーム。僕がもたらした光景だが、その生々しさには辟易《へきえき》する。なんでこんな色とりどりなんだよ。スーパーボールすくいかよ。

糸を起こさないよう、その全てを回収し、ゴミ袋へぶち込んでいく。

そこで腹が豪快に鳴った。そもそも空腹で目覚めたのだった。

冷蔵庫には生卵くらいしかない。なので僕は財布とスマホを持って部屋を出る。

「………」

その直前、僕は糸の顔を覗《のぞ》き込んだ。

触れるだけでも罪深い、無垢《むく》で美しい寝顔。

それはほんのイタズラ心だった。

僕は薄い唇に、小鳥がついばむような、短いキスをした。

すると糸《いと》が目を閉じたまま「うぅん……」と唸《うな》る。血が凍るような感覚が走った。

心臓がズクンと重い鼓動を鳴らす。冷や汗が頬《ほお》から落ちるのとほぼ同時、糸が呟《つぶや》いた。

「むにゃ……ちい〇わボコりてぇ……」

どんな寝言だよ！

ツッコミかけて堪《こら》えた。僕はその場で崩れ落ちながら、深く安堵《あんど》するのだった。


実は付き合っていた頃から、糸がお泊まりする機会は多くなかった。

理由はもちろん家庭にある。大学時代の糸は実家住みであったため、今よりもずっと拘束が厳しかったのだ。大学生にもかかわらず門限が十時だったのが、その最たる証拠である。

付き合っていた三年間、僕と糸がふたりきりで一晩過ごしたのは、片手で数えられるくらいしかなかった。それも女子会だとウソをついてやっと実現する。ふたりで旅行なんて夢みたいなことは、一度たりとも叶《かな》わなかった。

恋人同士でありながらも、一夜を共にするというのは本当に特別なことだったのだ。

そしてその初々しい感覚は今でも残っている。

だからこそ僕は疲弊していながらも、まだ眠っている糸のために嬉々《きき》として食糧の買い出しに行くのだ。激しくしちゃってごめんねの意もあるが。

家からほど近く、日曜日の戸越銀座《とこしぎんざ》商店街は、久々のお出かけ日和とあって多くの人が行き交っていた。どうやらそろそろ梅雨が明けるらしい。信号待ちで男女がそんな話をしていた。

さて何を買おうか。糸は起き抜けで何を所望するだろうか。

そこで僕は、はたりと思い出す。

いっぱいした翌日の糸って、すごい食うんだよなぁ。

過去に一度だけ、数少ないお泊まりの際、やたら盛り上がった日があった。何があってそうなったのかは覚えてないが、確かあの時も朝方になってやっと眠った記憶がある。その当時と同じくらいフェアリーテイルを紡げたのだから、今の僕もなかなか捨てたもんじゃないな。んなことはどうでもよくて。

その翌日、糸は起き抜けでやたら食っていたことを思い出した。僕の家にあった冷凍食品やカップ麺《めん》がすごい勢いで糸の口に吸い込まれゆく様を見て、星のカー◯ィなのかなと思った。わなわなと震える僕を見て、その時の糸は可愛《かわい》く言うのだった。

「だって、お腹空《なかす》いてたから……」

思い出してよかった。そうと分かればスタミナのあるものが必要だ。

目に入ったのは豚丼《どん》のお店。普通に考えて起き抜けで食べるものではないが、体力ゲージが空になった糸なら余裕でイケるだろうと、僕の分も合わせて二杯テイクアウトした。

さて帰ろうかと思ったが、ふと目に入ったのは有名ドーナツチェーン。

そういえば、いつだったか糸とこんなやりとりをした。

「世界で一番幸せな朝食ってミスドだと思う」

「なんで?」

「朝食にミスドがあると思ったら爆速で起きれるもん。楽しみすぎて眠れないレベル」

「ダメじゃん」

まるで論理的でない説明だったが、起きたらミスドがあるという状況で糸《いと》は、多大な幸せを感じると分かったエピソードである。

思い出してよかった。そうと分かればミスドのドーナツが必要だ。

僕は豚丼《どん》が入った袋をぶら下げたままミスドに入る。

糸が好きなドーナツは覚えている。ポンデのチョコのヤツと、ココナッツのヤツだ。かつて「どっちもチョコじゃん」と笑ったら、しばらく歩くたびに靴のかかとを踏まれた。

豚丼とそれらのドーナツがあれば十分だろう。ついでに僕の分のオールドファッションなヤツとポンデのプレーンのヤツもお盆にのせ、お会計してもらった。

これだけあれば十分だろうと思ったが、ふと目に入ったのはたい焼き屋さん。

そういえば、いつだったか糸とこんなやりとりをした。

「たい焼きって知名度のわりに、売ってる店少ないよね」

「そうか? まぁスイーツ業界も群雄割拠だから厳しいんじゃない?」

「いや忘れちゃいけないよ。たい焼きは日本人にとって特別なはずだよ。家にあったら私すぐ食べちゃうもん。ひとり暮らしで身に覚えのないたい焼きでもすぐ食べちゃうもん」

「そんな怖いたい焼き食うなよ」

まるで生産性のない会話だが、糸は家にたい焼きがあればすぐ食べちゃう系女子だと分かったエピソードである。メシの話ばっかしてるな僕ら。

思い出してよかった。そうと分かればたい焼きが必要だ。

そう思ってたい焼き屋さんの暖簾《のれん》をくぐろうとした時だ。流石《さすが》に自覚した。

豚丼二杯が入った袋とミスドの箱を持ったまま、たい焼きを買おうとしている僕。

はしゃぎ過ぎじゃね？

いくら糸がウチで寝ているからって、爆食が予想されるからって、これは買い過ぎだろう。

孫が家に来るおじいちゃんかよ。

こんなに持って帰ったら「こんなに食えるか〜い」と糸に笑われてしまうかもしれない。

でも……もしかしたら喜んでくれるかもしれない。「太ったら冬《ふゆ》くんのせいだからね」と僕に責任を押し付けながら、たい焼きを美味《おい》しそうに頬張《ほおば》る糸の顔も想像できる。

たい焼き屋さんの前で逡巡《しゅんじゅん》する僕。

悩んだ末、僕は一歩踏み出すのだった。

「すみません、粒あんふたつ」

喜ばれるにせよ笑われるにせよ、糸の笑顔が見られるのなら、それでいい。

「はぁー、ただいまっと」

　時間が経つにつれ気温は上昇していき、帰宅した頃には僕の顔はもう、水鉄砲で撃たれたかのような大汗をかいていた。

　糸《いと》はまだ眠っていたが、僕が買ってきたありとあらゆる食料をドンっとテーブルに置くと、その音で目を覚ましたらしい。

「ん……豚丼《どん》の匂《にお》い……」

　訂正。匂いで起きたようだ。

「あ……ミスドだぁ。買ってきてくれたのぉ？」

「たい焼きもあるぞ」

　糸はベッドからずるりと下りて、その辺にあった僕のTシャツを勝手に着ると、テーブルに並べられた三つの袋を眠気まなこでひとつひとつ確認していく。

「いやー暑かった。僕ちょっとシャワー浴びてくるわ」

「んん……一緒にお風呂《ふろ》入る？」

「風呂入れてないって。先シャワー浴びたいの？」

「ぬーん……いやいい」

「そう。じゃあ僕入ってくるから、それ食べていいよ」

「んー、いってらー」

言われるまでもなく、といった様子で糸は豚丼の蓋《ふた》を開ける。

「いっぱい買ってきたから、好きなだけ食うがよい」

「ありがとぅ、しあわせ～」

とろけた顔を見せ、ふにゃふにゃの声で感謝する糸。それを見るとつい頰《ほお》が緩む。

どれだけ食べられるのか。たぶん残してしまうだろうが、どうでもいい。

その笑顔が見られただけで、買い回った甲斐《かい》があるというものだ。

僕は幸せそうな糸を尻目《しりめ》に、浴室へ向かうのだった。


「え？」

汗を洗い落とした僕を待っていたのは、満面の笑みでお腹《なか》をさする糸だった。

「いやー食った食った。それじゃ私もシャワー浴びてくるねん」

「いや待って……え？　え？」

テーブルにあったのは、空になったミスドの箱とたい焼きの袋、そして豚丼のプラスチック容器がふたつ。米粒ひとつ残っていない。

「え……僕の分……え？」

「ごめん。だって……お腹空いてたから」

可愛《かわい》くそう言うと、糸《いと》は浴室へ消えていった。

豚丼《どん》二杯、ドーナツ四つ、たい焼き二つ。全てが糸の胃の中に収まった。

「…………」

僕は冷凍ごはんをチンした。

卵かけごはんを食べた。

第十二話　アフタヌーンティー

おそらくだが現在、人生で最も奇妙な状況に陥っている。

土曜日。新宿《しんじゅく》にあるホテルのカフェラウンジ。

僕は元カノ、そして元カノの母親とテーブルを共にしていた。

「山瀬《やませ》くん久々ねぇ。前よりもちょっと痩《や》せた、というかやつれた？　ちゃんと食べてる？」

「そうですか？　今の方が多少は良いものを食べてると思うんですけど。大学時代はカップ麺《めん》とか冷凍食品ばっかりだったので」

「あーなら健康になったってことね。やっぱりそういうのは体に悪いのよね。糸《いと》なんて今でも家にカップ麺常備してるのよ。山瀬くんも言ってやってよ、やめなさいって」

声を弾ませる上品な装いの糸の母親。愛想笑いする僕。退屈そうにスマホを見ている糸。

なんだこれ。


不可思議なお誘いがあったのは今週の中頃。糸からチャットで説明された。

糸が母親に、友達として僕とたまに会っていると何の気なしに話したところ、彼女はそれはそれは興味を示したという。その瞬間の心情を、糸は「しくったオブしくった」と語った。

久々に会いたいとしつこく催促され、無視するのも面倒になった糸は僕に頼んできたのだ。一度会ってほしいと。

その経緯は、実はあまり意外ではない。

かつて恋人同士だった頃、糸の家へ行った日のこと。

父親は野良犬が入ってきたみたいな顔をしていたが、母親は逆に大喜びで僕を迎え入れた。糸と糸の両親と四人で夕食を共にしたが、会話をしていたのは八割僕と糸の母親だった。

僕の何がそんなにも気に入ったのかは分からない。糸には弟がいるため、息子を持つことに憧《あこが》れているというわけでもないだろう。娘が初めて連れてきた彼氏、という記号が彼女の中でとてつもなく魅力的に感じられているのかもしれない。

本当のところは分からないが、事実として、糸と別れた今でも彼女は僕のことを気に入ったままのようだ。今も彼女は、笑顔を絶やさずに話し続けていた。

対照的に糸は、ほんのり不満そう。というか面倒くさそうだ。

「この子、会うたびに会社の愚痴ばっかりなのよ？　冬《ふゆ》くんにもそうなんじゃない？」

不意に飛んできたこんな問い。

糸の顔色を窺《うかが》ってみると、どうでもよさそうな顔でアフタヌーンティーセットのスコーンをもしゃもしゃ食べている。関心を持て娘。

「いやーそれはお互い様というか……僕も愚痴聞いてもらってますし」

「あらそうなの？　でもブラックブラックって言うけれど、どこも昔と比べたら全然でしょ。私もお父さんもバリバリ働いてきた人間だからねぇ。でも今の子は甘いなんて言ったら、老害って言われちゃうわね」

「はは、そんなことないですよー」

　僕はこう見えて、外面《そとづら》は良いほうだ。特に親ほど歳《とし》が離れた相手の機嫌を取るのはうまいと自負している。好かれるというよりも、嫌われないために培ってきた技術だが。

　前回の皆瀬《みなせ》家での会食でもそうだったが、糸《いと》は母親と僕との会話に積極的に入ってこない。たまに間違いを正したりツッコミを入れるなど、バラエティ番組での優秀な東京芸人のようなスタンスをとる。

　なのでこの場の和やかな空気を保つためには、僕が聞き手として立ち回る他ない。お礼に今度飲み代を奢《おご》ってくれると糸は約束してくれたので、その分は頑張りますよ。

「だからね、この子が弱音を吐くたびに私言うのよ」

　確か、糸が会社の愚痴を言うとか何とかの話だったか。

　よく見ると母親の前歯に口紅がついている。これ指摘した方がいいヤツかなぁ、などとまた別のことを考えかけた時、彼女は高い声でこう言った。

「世の中にはもっと辛《つら》い思いをしてる人がいるんだから、それくらい我慢しなさいよって」

「あー……」

「糸なんて恵まれてるじゃないねぇ？　中学から大学まで私立に何不自由なく通えて、ちゃんとした会社に勤められてるんだから。大学に通えない人もいるし、もっとひどい待遇で働いている人もきっといるのよ？　そういう人の気持ちも……」

「歯、口紅ついてるよ」

母親の言葉を遮る娘。糸は冷めた表情で母親の前歯を指差した。

「あら本当？　ならちょっとお手洗い行ってくるわね」

そう言って糸の母親は席を外してそそくさと去っていく。

糸とふたりきりになったテーブル。

何だか微妙な雰囲気が立ち込めているのは、糸が見るからにアンニュイだからだ。

「テンション低すぎだろ」

「だって退屈なんだもん。もうこのまま黙ってふたりで飲みに行っちゃわない？」

「子供かよ」

「子供は飲みになんて行きません～、パァ～～～」

屁理屈《へりくつ》をかました糸は、鬼の首を取ったようなウェーイ顔で僕を挑発する。すげぇムカつくがＴＰＯをわきまえて無反応でいると、糸はより不機嫌そうにテーブルを指で叩《たた》く。

程なくして母親が戻ってくると、話題は変わって新宿《しんじゆく》近辺の今昔物語を語り出した。彼女はかつてこの周辺で働いていたらしく、昔話が止めどなく溢《あふ》れ出る。

大変申し訳ないがあまり興味がない。ゆえに僕は愛想に特化した相槌《あいづち》を打ちながら、彼女の背後の窓に広がる梅雨明けの青空を見て、ビアガーデン行きてぇと心で呟《つぶや》いていた。

その時だ。

「……?」

僕の左足に何かが触れた。それは足首からふくらはぎを上っていく。

奇妙にゆっくりとした速度で、思わず下半身がぞわりとする。

糸《いと》の母親にバレないよう一瞬視線を落として確認。

やはりというべきか、僕の足にちょっかいをかけていたのは、夏らしいミュールサンダルを脱いだ素足。向かいの席から伸びていた。

チラリと糸の顔を見る。なんでもない顔で紅茶のカップを傾けているが、僕の視線に気づくと口元がいやらしく緩んでいた。

そしてその足先はまだ、僕のふくらはぎをスリスリとしていた。

「昔の新宿《しんじゆく》の面影はどんどん無くなってて、寂しくてねぇ」

いやお母さんね、そんなことよりお宅の娘さんを止めてくれませんかね。

むず痒《がゆ》さを覚えながらも、僕は顔に出ないよう微笑《ほほえ》みを崩さない。

もし母親にバレたらどう説明するつもりなのか。

百歩譲って恋人同士なら「ラブラブなんですぅ～」で説明はつくが、友達同士という看板を背負っているのだろうが、今の僕らは。

と、そんな僕の葛藤《かっとう》はお構いなし。糸は表情こそ退屈そうなまま、その足をさらに高みへと上らせていく。いつの間にかサンダルを脱いでいた糸の素足は、僕のふくらはぎから膝《ひざ》に到着すると、あろうことか左折して進行。

そうして太ももの内側を、つま先でカリカリしだした。

これはいけない。シンプルに性感帯だそこは。

そもそもこんな賑《にぎ》わっているホテルのカフェで、と思ったが、僕らのテーブルは店内の端。壁を隣に座る僕と糸の足元は、誰からも見えない死角となっている。

糸よ、これも見越した上での狼藉《ろうぜき》なのか。

僕の下半身を文字通り弄《もてあそ》んで楽しいか。

付き合っていた頃を思い返しても、糸がここまで大胆で危険の伴ったイタズラを仕掛けてきたのは初めてだ。唐突なプレイの発生に僕は心の柔らかい部分をゾワゾワとさせられる。

そんな余裕のない中、糸はより追い込みをかけてくる。

太ももの側面からさらにその先へ、ぶっちゃけ股間《こかん》へ、いよいよもって進軍してきた。

おいおいマジかと僕は再度糸に目線を送る。

唇に親指を当てている糸の、その目は据わっていた。マズい、スイッチ入ってる。

そうして糸のつま先が、じわじわとにじり寄るような速度で――。

「あっ」

カランッという音と共に、糸《いと》の母親が声を上げた。

「いけない、ティースプーン落としちゃった。よいしょっと……」

「っっ⁉」

彼女が身をかがめてティースプーンを拾うよりもわずかに早く、糸が足を引っ込めた。

僕と糸は目を見開いて見つめ合い、固唾《かたず》を飲んで母親が顔を上げるのを待つ。

「ふぅ。あ、こら糸。サンダルちゃんと履きなさい、みっともない」

「……うん」

ティースプーンを拾った母親の表情には、何の変化の色も見られなかった。

「「…………」」

僕と糸は、互いに顔を引きつらせながら、再度見つめ合うのだった。


「お前どうかしてるよ……」

「ぐへへ」

打って変わってビアガーデンにて。糸は中ジョッキ片手にゲスい声を漏らす。

カフェで僕と別れた糸は、その後母親と共に買い物へ。そうして夕食時になると母親からのディナーの誘いを断って別れ、僕と恵比寿《えびす》で再合流。ビアガーデンへと連れ立って入店した。

乾杯後の話題は、もちろん糸の奇行について。

「なんだあの不倫カップルみたいなプレイ。どこで実装したんだ、その変態性」

「いやースリリングでしたねぇ」

「バレたらどうするつもりだったんだよ。てか本当にバレてないんだろうな？　お母さん……実は見て見ぬフリしたとか……」

「いやそれは無いね。あの人にそんな器用なマネはできない」

平然と母親をディスりながら大皿のままのシーザーサラダに箸《はし》をつける糸。

娘がそう言うのなら、まぁ大丈夫か。

「でも冬《ふゆ》さん、そんなこと言って実は興奮しちゃってたんじゃないのー？」

「するかよ。緊張感の方が勝ってたわ」

「本当に～？　おファンファン元気になってたんじゃないの～？」

「下ネタのペース早えな！　まだ一杯目だろ！」

本当はちょっと興奮していたのは、言うまでもない。おファンファンが元気になってなくて本当に良かった。それをお母さんに見られていたら別の意味で終わっていた。

あの頃から糸はイタズラ好きだった。ただこういう類《たぐ》いのイタズラは今までにはなかった。カラオケや合コンなどで薄々感づいてはいたが、糸は退屈でストレスフルな毎日のせいで、過激で倒錯的なものを求めてしまっているのだろう。

「あたし、あなたについていけるのか心配になったわ糸助《いとすけ》さん……」

「何キショいこと言ってんだ冬美《ふゆみ》、とっとと唐揚げにレモンかけやがれ」

僕の涙とレモン汁がかかった大きな唐揚げをかじると、糸は「おいちー！」と言って左右に揺れる。先ほどの母親との時間ではついぞ見られなかった満面の笑顔だ。

「それにしても、母親と会話する時いつもあんな態度なん？　普通にいいお母さんじゃね？」

「たまに会うとそう感じるんだろうけど、ずっとあの調子だと鬱陶《うっとう》しいもんだよ。そのくせ家だと完全に父親側に立って、私の味方にはほぼならないしね」

「ふーん」

隣の芝生はなんとやら。人の数だけ家族との距離感がある。

家族の愚痴は、職場の愚痴とは違って共感しにくいものだ。本当に思い悩んでいる時はいくらでも話を聞くが、今この楽しい飲みの場で展開するのは不毛だろう。

「……まぁでもアレだな。あの言葉はいただけなかったな」

「え、どの言葉？」

「『この世にはもっとツラい思いをしてる人がいるんだから、我慢しなさい』ってヤツ。僕その論調、昔から嫌いなんだよね。よく言う人いるけど」

「おっ」

毒舌の導入を前に、糸は目を輝かせて前のめりになる。待ってましたとばかりに。

「いや知るかよって。そりゃもっとツラい思いをしてる人はいるだろうけど、だからって僕の中にあるツラさがなくなるわけじゃなくね？」

「それな！」

「じゃあ何か？　僕よりもツラい思いをしてる人を見て、自分はまだマシだなって思えばいいのか？　その方が不健全だろ！」

「流石《さすが》冬さん、分かってるぅ！」

ホテルのカフェでの奇行も、ビアガーデンでの陰口も、きっと正しくないけれど。

糸が今、心の底から笑っているのだから、それでいい。

第十三話　シーシャ

　かつて僕と糸《いと》が別れたのは、とてもじゃないが物語にもならないような、本当に取るに足らない理由によるものだ。

　互いに大学四年生。そこそこの氷河期に就活生となってしまった僕と糸は、忙しさを理由に疎遠になった。たまに会っても、傷の舐《な》め合いにすらならない微妙な空気がふたりを包んだ。

　僕と糸は目指した道があまりにも異なった。

　僕はとにかくやりがいを求め、新規古参さまざまなゲーム会社を志望した。

　糸はただただ堅実な企業ばかりを選んでいた。まるで何かを恐れるように。

　その意識の違いが良い方向に働くと思っていた。僕と糸は映画や音楽など、あらゆる趣味がまるで異なっていて、それがむしろ互いへの興味を持続させていた関係だったから。

　しかし就活に限っては、全てが悪影響だった。

　顔を合わせれば互いの主義を語り合い、いつしか説教臭くなり、最後には語気を強めるようになった。あれだけ幸せだったふたりの時間は、気づけば一番苦痛の時間になっていた。

　僕はこれ以上糸を嫌いになりたくなくて、距離を置こうと提案した。糸もそうあるべきだと言うように、すんなりと了承した。

そうして僕らは流れるように、恋人同士ではなくなった。

その時ひとつ違和感を覚えていたのは、糸の就活方針だった。

糸は自身のやりがいを最優先する人で、お金や将来の不安に縛られるタイプではなかった。にもかかわらず、なぜ就活においては後者にばかりこだわるのか。僕には分からなかった。

だが、今なら分かる。

『父親が勝手に、内定辞退の電話をかけちゃったんだ、他の会社に』

この告白から全てを察した。あの頃の就活にも、父親の息が多分にかかっていたのだ。

糸の家庭事情を知っていたのだから、よく考えれば分かることだった。

分からなくても、もっと一緒にいて、寄り添うことはできた。

でもその当時の僕も自身のことでいっぱいいっぱいだった。お祈りメールを受け取るたび、あなたは社会に必要ないと言われているようで、心が削れていった。

もしあの頃もう少し僕に自信があれば。僕のメンタルに余裕があれば。僕の頭が良ければ。社会が僕らに優しければ。

未来は少しだけ、変わっていたのかもしれない。

最近、そう思うことが多くなった。

＊＊＊

「へー、シーシャバー行くんですか」

給湯室にある自販機へ缶コーヒーを買いに行くと、お弁当箱を洗っている市川《いちかわ》さんと遭遇。そのまま流れるように世間話に。

本日の終業後の予定を告げると、市川さんは思いのほか食いついた。

「私も何回か吸ったことありますよ、シーシャ。落ち着きますよね」

「僕は今日が初めてなんだよ。ちょっと緊張してる」

そう言うと市川さんは大きな目を細めてニヤリと笑う。

「彼女さんとですか？　このビルにいる、あの可愛《かわい》い感じの人」

傾けた缶コーヒーを吹き出しそうになった。声も出せないほどにうろたえると、市川さんはヒーヒーと笑いながら告げる。

「この前一緒に定食屋さんに入っていくのを見ましたよ。あの制服、絶対ウチの会社の人じゃないですよね？　もしかしてナンパしたんですか？　やりますねぇ山瀬《やませ》さん」

「ち、違うわい！」

驚いた。まさかこんなにも早く目撃されてしまうとは。

『私、女除《おんなよ》けになっちゃうよ？』

カラオケでの糸《いと》の言葉が蘇《よみがえ》った。本当に効果抜群である。

いろいろと勘違いしている市川さんへ丁寧に説明する。もちろん生々しい情報は避けて。

「なーんだ、大学の同級生なんですね」

「そうそう。同じサークルの友達なんだ」

「そりゃそうかー。山瀬さんがナンパとかするわけないですよねー、あはは」

市川さんは、ちょっと拍子抜け、でも言われてみれば納得、といった表情。

なんだろう、若干失礼な言い草にも取れるな。

「でも、というかだからこそ、そういうことにはならないんですか？」

「どういうこと？」

「だって運命的じゃないですか。たまたま会社が移転した先で再会なんて」

そう言われて改めて客観視してみると、やはりあの再会は普通ではないのだと再認識する。

あの日、コンビニ飯や社食を選択していたら、あるいは別のキッチンカーに並んでいたら、現況はだいぶ異なっていただろう。

ただ、市川さんの捉《とら》える運命と僕の認識する運命には齟齬《そご》がある。

「僕とその子は、そういう感じじゃないよ。いい友達って感じ」

「えー、そうなんですか？　私だったらそれだけで運命を感じちゃうけどなぁ」

「そういうもんかね」

市川さんは「そうですよー」と夢みがちな口調で、お弁当箱の水滴を拭《ふ》いていた。

まぁシーシャバーへ一緒に行くのは、その可愛《かわい》い感じの人なんだけどね。

ことの発端は先日の山田《やまだ》との飲み会でのこと。

「お前シーシャやったことないのか!? そりゃ人生の五割損してるぞ!」

酒もずいぶん進んで気分が良くなっている山田は、上から目線でこんなことを言ってきた。人生の〇割損してる、という言い回しは死ぬほど嫌いだが、ひとまず素直に応えてやる。

「シーシャはいいぞ! タバコほど害ないし、良い香りでリラックスできる! 何よりSNS映えするから女子にモテる!」

相変わらずミーハーな奴《やつ》である。

「今度行きつけのシーシャバーに連れて行ってやるよ! リリーさんを紹介してやる!」

「誰だよリリーさんって」

「名物のバーテンさんでな! めっちゃ綺麗《きれい》で面白い人なんだよ!」

正直シーシャにはあまり興味がない。リリーさんとやらは少し気になるが、積極的に行きたいとは思わなかった。

それでも、あまり会わなくなった大学時代の友人の誘い。断るのは少し寂しいかもしれないと感じ、悩んだ末にその場では誘いに乗った。

が、約束の日の前日、つまり昨晩のこと。山田からチャットが届いた。

『すまん、彼女とディナーに行くことになった！　シーシャバーにはひとりで行ってくれ！』

こういうところが本当に山田である。

そんなこと言われても、ツレなしで突入するにはハードルが高い。なにせシーシャバーだ。シーシャもバーもまるで馴染《なじ》みがないのに、合体されたらもうおしまいだ。

と、糸《いと》にチャットで愚痴ったところ、予想外の反応を見せた。

『じゃあ私と行く？　てか行こうよ！』

『え、興味あるの？』

『アリ寄りのキリギリス！』

どっちなのか分かりにくいのよ、それ。

山田からキャンセルされた時点で行く気はなくなっていたが、糸にそう言われてしまえば、仕方がない。そんな流れで僕と糸は仕事終わり、シーシャバーを体験することになった。

そこでふと思い出したのは、数週間前の糸との会話だ。

酔った糸は何の脈絡もなく、こう呟《つぶや》いた。

「葉巻吸ってみてぇ」

「えぇ……なんで？」

「カッコいいじゃん」

中学生みたいなことを言う二十四歳会社員である。

とはいえそんなことを言い出す糸《いと》は、けして珍しくない。むしろ懐かしいと思った。

大学時代、僕がちょっとだけタバコを吸っていた時期にも糸は、「吸ってみてぇし」と言って強奪し、ふた吸いほどで「まっず」と言って残りを僕に押し付け「間接キスできて良かったね」とほざいていた。そんな機会が五回ほどあった。おそらく延べ一本分も吸っていない。

どうやら糸には常に、タバコへの漠然とした興味があるのだろう。

そう考えればシーシャはアリだ。タバコよりも吸いやすく、リラックス効果もあるらしい。シガーバーに行って葉巻ひと吸いで「まっず」と一蹴《いっしゅう》されるよりもコスパはいいだろう。

そんな僕の思惑を知ってか知らずか、終業後に会社のビルのエントランスで待ち合わせた糸の顔には「朝から楽しみにしてました！」と書いてあった。

そうして共に電車で向かったのは五反田《ごたんだ》。駅から徒歩五分ほどの場所にある雑居ビル。周辺がホテル街ということもあり、糸はしみじみと一言。

「ふむふむ、怪しおすなぁ」

「おそらくここの地下一階……あぁ看板あったわ」

山田《やまだ》から送られてきた店の情報と合致。そうと分かれば糸はニンマリと笑う。

「よっしゃ行こ！　シーシャシーシャ！」

糸に背中を押されて階段を降りると、僕は恐る恐る、板チョコのような茶色い扉を開いた。

「おぉ……」

「わー非日常」

糸の第一声の通り、そこはもう非日常を絵に描いたような場所であった。

薄暗く甘い香りがするその空間は、映画に出てくる東南アジアのカフェのような内装。壁紙も絨毯《じゅうたん》も家具も、何もかもが不思議な幾何学模様で彩られている。天井からはシャンデリアがぶら下がり、ゆったりとした音楽が流れていた。

お客さんはソファ席に三組。落ち着いた表情でシーシャを吸い、談笑中だ。

正直シーシャバーと聞いた時は「フゥーッ！　ホゥエッ！」って感じのアッパーでギラギラした場所かと思っていたが、ここはむしろダウナーな雰囲気があった。

「いらっしゃい。ふたり？」

カウンターから僕らに話しかけてきたのは、息を呑《の》むほど綺麗《きれい》な女性だ。

頭に薄いベールをかけ、色鮮やかな民族衣装を着ている。まるで砂漠の宮殿に住む姫様のような風貌《ふうぼう》だ。独特な化粧のせいもあって年齢がまるで読めない。十代にも三十代にも見える。

「あ、はい。そうです」

「ソファ席は埋まっているから、カウンターでもいい？」

頷《うなず》くと、女性は手招きして迎えた。糸は「ちょー美人！」と興奮気味に耳打ちする。

無人のカウンター席につくと、目の前には美人さんとズラリと並ぶ酒瓶。子供みたいな感想だが、すごい大人の世界って感じがする。

その女性は、とてつもなく美人だが、愛嬌《あいきょう》があるわけでない。キレ長の目で見定めるように僕らを見つめ、表情を変えないままメニュー表のようなものを見せてくる。

「ここは初めて?」

「はい。というか……」

「シーシャバー自体、初体験で」

「あらそう。なら良い思い出を持って帰ってもらわないとね」

そうして彼女は肘《ひじ》をついて「んー」とメニュー表を見ながら、シーシャのいくつかのフレーバーを丁寧に解説してくれる。表情のわりには、言葉の節々などに優しさが感じられた。

とりあえずフルーティな香りのフレーバーを注文。同時に度数の低いお酒もお願いした。

ソファ席の方をチラ見すると、お客さんたちは細長い宮殿のような物体から生えているチューブを吸っては、すごい量の白煙を吐いている。

「なんかすごい、いけない場所に来た感あるな……」

「キミも今からこちら側に来るんだよお兄さん……ぐふふ」

「なんでおまえもそっち側なんだよ」

ほどなくしてジントニックと共にドンと置かれたのは、細長い宮殿。これがシーシャ。実物を見るのは初めてだ。

「タバコは吸ったことあるんでしょう? その要領でちょっと多めに吸って、口や鼻から吐いてごらん。肺には入れなくていいの」

　言われた通りにふかしてみると、甘く爽《さわ》やかな風味が口から鼻にかけてふわりと広がった。タバコのような喉《のど》にガツンとくる刺激やヤニ臭さはない。女子人気が高いのも分かる。

「あぁ、いいですねこれ」

「私も私も！」

　僕が気に入ったと分かるや否や、糸《いと》はチューブを要求。目を輝かせて吸い始めた。僕は毒味役か何かなのだろうか。

「あとは、時間を忘れるようにゆっくりと自分のペースで吸って。微量だけどニコチンは入ってるから、短いスパンで吸いすぎるとクラクラしちゃう」

「なるほど」

「う〜ん、良い……タバコよりも全然好きぃ〜、チルしてるぅ〜」

　初体験のシーシャに糸は、だいぶリラックスできているようだ。

　プクプクとシーシャから鳴る水の音と、じんわりと耳から心へ届く民族音楽を聴きながら、異国のような景色を見渡し、柔らかい風味の煙を味わう。

　五感が痺《しび》れるほどの非日常感。あるいは幻想を見ているかのようだった。

「どう？　気に入った？」

「はい、期待以上に楽しめてます。来てよかったです」

素直な感想を述べると、彼女はそこで初めて、ほんの少しだけ口角を上げた。

糸《いと》がシーシャとジントニックを堪能《たんのう》している間に、僕は気になっていたことを尋ねた。

「お姉さんがリリーさんですか？」

「そうよ。誰から聞いたの？」

「山田《やまだ》って奴《やつ》です。保険会社に勤めてる、身長は百六十五センチくらいの……」

「……どのヤマダかしら。どんな性格のヤマダ？」

「マジうるせぇバカの山田です」

「ああ、あのヤマダくんね」

「すごいね山田くん。見た目や職業じゃなく、喧《やかま》しさだけで認識されてる」

それにしても、不思議な空気を纏《まと》っている人だ。

女優や歌手、あるいはどこかの御令嬢だと言われれば、信じてしまいそうなオーラがある。

表情の変化に乏しい点も、ただ者でない感を物語っていた。

「私の顔に何かついてるの？」

「あ、いや……すみません。すごい雰囲気の人だなぁと」

「そう。自分じゃ分からないけど……あるいは昔の仕事が、そんな空気を作ってるのかもね」

「昔の……何をなさってたんですか？」

リリーさんはシーシャの煙を吐きながら、ぼんやり遠い目をする。

「Vチューバー」

明後日《あさって》の方向からパンチが飛んできた。それには糸《いと》もリリーさんを二度見する。

「そ、そうなんですか……意外ですね……」

「よく言われるわ」

「なんで辞めたんですか?」

「配信を切り忘れてアダルトビデオ鑑賞をしていたらね、大炎上しちゃったの。私が配信後に即イタしてると勘違いされて。酷《ひど》いわよね。推しの喘《あえ》ぎ声も判別できないなんて」

ツッコミどころが多すぎる。

「その後、開き直ってオススメのアダルトビデオ紹介配信をし始めたのが決定打だったわね。運営からクビ宣告されたってわけ」

「そ、壮絶ですね……」

とはいえ僕も、そこまで人を信じられるほどお人好《ひとよ》しではない。事実ならだいぶ愉快な経歴だが、むしろだからこそ作り話なのだろうと踏んで聞いていた。

「ウソだと思っているでしょう?」

「うっ……いやでも、確証が無さすぎるというか……」

「どうもみなシャンこんにちは♪　いつもご支援さんきゅの丸♪」

「めっちゃ萌《も》え声でた!」

じっとり這《は》うような低い声から一変、脳が溶けそうな声を操ったリリーさん。一仕事終えたとでも言うように目を細めてウイスキーを傾ける。

キャラをブチ崩してまで確証めいたものを突きつけてきた。意外とノリいいなこの人。

ちなみに糸はそんなリリーさんと僕とのやりとりを、シーシャを吸いながらおかしそうに眺めていたが、萌え声が出た瞬間ついに「ァ――――っ」と鳴き声を放っていた。

糸は、実はけっこう人見知りの気がある。

なので初めはリリーさんと僕との会話を横で聞いているだけだったが、いつしか糸が話題を回すようになっていた。さぞかしリリーさんのことが気に入ったのだろう。ここまで急速に心を開く糸を見たのは初めてだった。

お酒やシーシャもかなり楽しめているらしい。僕自身はわずかに抵抗があったシーシャバー訪問だったが、結果として良い方向へと働いていた。

断じて山田《やまだ》のおかげではない。

「あなたたちは、付き合ってどれくらいなの？」

ふと、リリーさんが一歩踏み込んできた。その唐突さに僕はドキっとする。

「いや付き合ってないっすよー。マブダチっす」

糸が軽快なノリでこう答えると、リリーさんは小さな驚きを見せた。

「本当？　ウソは嫌いよ、私」

　まるで恋人同士だと確信していたかのようなリリーさんの反応に、僕は首を傾《かし》げる。

「いや本当ですよ。マブです」

「あらそう。その割りには距離が近いわね。何なら恋人以上な空気感だけど」

「え……そうすか？」

「何より、ふたりとも口調がそっくり。たまにいるのよね、口調が似てくるカップルって」

　僕は笑顔のまま、グッと言葉に詰まってしまった。

　どう誤魔化そうかと思案する。が、ふと見上げたリリーさんの瞳《ひとみ》はあまりに美しく、それがむしろ怖い。ウソだけは絶対に許さない、というような圧を感じる。笑わない美人さんは近くで見るとこんな迫力があるのかと怖じ気《おけ》づいてしまった。

　その時だ。糸《いと》があっけらかんと言う。

「ただの元カレ元カノですよ。でもヤることはヤってるマブっす」

「おぉい！」

　あまりにもいきなり全てを白状するもんだから、僕はつい訳も分からず糸に頭突きをする。

　糸は「あたっ」と言っておでこを押さえながらも、ヘラヘラと笑う。

「いいじゃん別に。リリーさんなら大丈夫だよ」

　そしてこの一言である。一気に心開きすぎだろ。

するとそんなやりとりを見たリリーさんは、完全に虚を衝《つ》かれたようで相当ツボっていた。お腹《なか》を抱えながら「バカねぇ」と言う。

悪びれぬ元カノと爆笑する美人さんを前にして僕は、「まぁいいか」と小さく呟《つぶや》いた。

言ってしまったものは仕方ないと、僕らはこの関係についてそこそこ赤裸々に語った。

リリーさんは背の低いグラスにウイスキーを親指一本分ほど注ぎ、僕らの話を肴《さかな》に傾ける。

リリーさんは聞き上手というよりも、聞かされ上手なのだろう。彼女の前に座ると不思議となんでも話したくなる。芸能界や政界の凄《すさ》まじい秘密さえも知っていそうだと、ジャブ程度に尋ねてみると、「さあね」とかわされてしまった。

ただそれがむしろ他言無用の信頼感を加速させる。少なくともリリーさん経由で山田《やまだ》に情報が漏れることはないだろう。

今まで誰にも話したことはない、僕らだけの秘密。再会からこの関係に至るまでの経緯を、できる限り細かく話し終えると、リリーさんはシーシャをゆっくりと吐いて、呟いた。

「納豆に関しては、冬《ふゆ》くんの気持ちも少し分かるわね」

え、そこ？

「好きになるきっかけって実は些細《ささい》なことだったりするからね。それが自分でも驚くほど大事な思い出になってしまうのは、少し分かる気がするわ」

「あー、そういうものですかー。気づかなかったなぁ、ごめんね冬《ふゆ》くん」

「いや、いま謝られても」

というか絶対それじゃないだろ話題。そもそも納豆の話までする必要があったのか。

リリーさんは改めて、僕らの関係についての所感を述べる。

「いいじゃない。一緒に現実から目を背ける関係。楽しそう」

「楽しいですね、それは間違いなく」

「楽ちー」

「そもそも恋人同士なんて、ただの面倒な契約関係だからね」

リリーさんはグラスをゆっくりと揺らしながら、続ける。

「相手のことが好きなんじゃなくて、こんな相手のことが好きな自分が好き、あるいはカップルでいる自分が好き。そんな自意識を『恋愛』なんて美名で隠しているの」

リリーさんの言葉は、それそのものが生き物であるかのような重さを感じられた。

「自分を騙《だま》してなんとか成立しているような関係よりも、あなたたちみたいな自分の心や体に正直な、現実から離れた『虚構』を前提とした関係の方が好感が持てるわ」

「はは、そう言われるとなんか、安心できるな」

そう糸《いと》に問いかける。しかし糸は、ふっと真顔になる。

「虚構……」

そして小さく、そう反芻《はんすう》した。

「糸？」

「あ、いやなんでもない。いやーリリーさんにそう言われると、自信がつくと言うか……」

その時、カウンターに置いていた糸のスマホが振動し始めた。画面に表示されているのは、僕も知っている糸の女友達だ。

「あ、ごめんおみぃだ。出なきゃ」

「うん、ここで待ってるよ」

「ここは電波悪いから、一度上に行った方がいいわよ」

「了解っす！」

そうして糸は店を出て、パタパタと階段を上っていった。

三人で話していたのに突如ふたりきりにされると、若干気まずくなるの何だろうねこれ。

しかもその相手が強烈に雰囲気のある美人さんなのだから、妙にドギマギしてしまう。

「あなたはいつまで虚構でいられるかしら、冬くん」

「え？」

不意にリリーさんが、独り言のように呟《つぶや》いた。

「あなた、今でもちょっと、糸ちゃんのこと好きでしょ？」

「…………」

僕はつい、黙ってしまった。踏み込む時は本当に唐突な人だ。

この沈黙は、驚きによるものが半分。もう半分は、自分の気持ちを整理するためのものだ。

「……僕は」

本当にこの人の前では、全てをさらけ出したくなってしまう。

心の奥にある、最も体温に近いその言葉が、声になって表れる。

「僕はずっと、腹の底ではいつだって、ぼんやりと糸《いと》が好きなままですよ」

ありのままの思いを言葉にすると、リリーさんはまるで僕らのこれまでを見てきたかのように満足げに頷《うなず》き、柔らかく笑った。

「そうでしょうね」

「でもたぶんですけど、元カレの元カノに対する感情って、こんな感じが多いですよね」

「そうね。男の人って少なからず昔の女を引きずっているわ。逆に女は別れた男なんて、もう顔も見たくないものよ。よかったわね、糸ちゃんに相手してもらえて」

「は、はは……」

糸は僕との再会を、ズルいくらい絶妙なタイミングだったと言った。もしも少しでも時期が異なっていたら、運命は変わっていたのかもしれない。

「で、その上でどう思うの?」

ここで話題は戻る。『虚構』について。

「虚構はどこまで行っても虚構。絵に描いた餅《もち》と同じ。フィクションはいつか終わりを迎え、形あるものは何にも残らない。煙のように消えていくの」

リリーさんは白煙を吐きながらシニカルに笑う。まるで僕を試すように。

「つまり今のあなたたちの日々は、未来には何も繋《つな》がらない、何の痕跡《こんせき》も残らない。そういう関係。それでもあなたは満足?」

「…………」

異世界のようなシーシャバーの店内、眼前には同じ世界の住人とは思えないほど美しい人。何もかもが夢の中のような状況。

現世から最も離れた所にいる、虚構の象徴のような彼女は、僕に現実を突きつけてきた。

僕と糸は現実を見ない。仕事や家族だけじゃなく、恋や結婚など面倒な現実から目を背けることを約束した。ただ停滞している関係だ。

その先にあるのは虚無かもしれない。それでも――。

「もう一度付き合うというのは、今はまだ考えられないです。僕自身も、きっと糸も」

糸は元カレの件で恋愛に疲れている。人を好きになることに無気力さを感じている。

そして僕も、そんな糸の感情ごと包み込める度量はない。惚《ほ》れた腫《は》れたでガツガツいけるようなバイタリティもない。拒絶された場合の甚大な精神被害など考えたくもない。

本気になるのは、疲れるから。

恋愛的体力の負担やリスクヘッジに鑑《かんが》みて、僕は現状維持を良しとしている。

何より、何度でも言うが、今の糸《いと》との関係は楽なのだ。

好きか嫌いかで考えるのではなく、楽かそうじゃないかで考えるのも選択肢として重要ではなかろうか。特に大人にとっては。でも四十代とか五十代でもバカみたいに派手で疲れそうな恋愛してる人もいるよね。あの人たちは何なんだろうね。バカなのかな。

「僕は一度失敗していますから。糸を幸せにすることを。そして糸を失う怖さを知ってしまっているから。だから今はまだ、虚構の関係のままでいいです」

怖いのは価値を知っているから。糸という女性の隣にいることの価値を。

ゆえに、虚構を愛している彼女のために、僕自身も虚構に染まるのだ。

リリーさんは吐いた煙で輪を作り、意地悪な笑みを浮かべる。

「あなた、凄《すさ》まじく自信がないわね」

「そうですね。自信は昔からないです。たぶんそれはもう一生、変わらないです」

「『今度こそ幸せにする』ってガツガツいけば良かったと、後悔するかもしれないわよ？」

「その可能性もありますけど……そんな根拠のない戯言《ざれごと》を言う奴《やつ》、糸は相手にしないかと」

リリーさんは声を出して笑った。珍しいことのようで、ソファ席に座る他のお客さんたちが目を丸くしてこちらを見た。

そしてその光景は、ひとりの女の子の嫉妬《しっと》も買ってしまった。

「なにー、ふたりだけで楽しそー！　ずるいー！」

電話を終えたらしく、糸がしかめっ面で帰ってきた。対してリリーさんは意味深に微笑《ほほえ》み、それが余計に糸の機嫌を損ねる。この人、わざとやってるな。

それからもう少しだけ僕と糸は、シーシャとお酒とリリーさんとの会話を、心ゆくまで楽しむのだった。

第十四話　目黒川

「いや、元Vチューバーってのは流石《さすが》にウソだろ」

「分かんないよー？　だって可愛《かわい》かったじゃん、さんきゅの丸♪」

「あれは驚いたな……山田《やまだ》にもあとで聞いてみるか」

シーシャバーを出た僕と糸《いと》は、目黒《めぐろ》川《がわ》沿いのベンチで缶ビールを飲んでいた。

糸はリリーさんとの出会いを余韻までじっくり味わいたいらしく、まだ飲みたいと言った。なので僕らは五反田《ごたんだ》駅を素通り。飲み屋に入れるほどの金銭的な余裕はないので、コンビニで缶ビールを購入して川沿いのベンチへお邪魔することに。

たぶんよろしいことではないが、おとなしく飲んでちゃんと空き缶を持って帰るので見逃してもらえればと。綺麗《きれい》な月も僕らを見下ろしているので、悪いことなどできやしない。

梅雨が明けて間もない七月の夜は、ただ座っているだけでも汗ばむ。だからこそ缶ビールが染み渡るようだ。糸は本日何杯目かのアルコールを摂取し、ご機嫌に揺れていた。

「ダメだなぁ僕ら」

「ほんとにねぇ。でもこの背徳感がいいのよねぇ」

「てか糸は、この後帰れるのか？」

帰宅するのに、僕の家はここから徒歩十五分ほどだが、糸は電車に乗る必要がある。そんなに酔って大丈夫かと心配していると、糸は缶ビールを頬《ほお》に当てて笑顔で一言。

「泊めての丸♪」

初めからそのつもりだったらしい。

「そういやさー、冬《ふゆ》くんとリリーさん、帰り際にもなんかコショコショ内緒話してたでしょ」

「あぁ……」

糸に頬を突かれながら、僕はその会話を思い出す。

会計の際、リリーさんはお釣りを渡すその手で僕の手を握る。糸が少し離れた位置にいるのを確認すると、彼女は小声でささやいた。

『ただひとつ、彼女を虚構から現実に連れていける、手っ取り早い方法を教えるわ』

『え？』

提示されたのは、反則級の一手であった。

『生でヤっちゃいなさい。子供を作るの』

『おぉう……』

リリーさんはニヒルな表情。本気か冗談か。僕は下手くそな愛想笑いで応えるのだった。

その様子を、糸は見ていたらしい。

「何話してたんだよー」

「別に、シーシャはどうだったかって聞かれただけだよ」

「本当かな〜、怪しいなぁ〜」

「何がどう怪しいんだよ」

「私が電話しに行ってる間に、リリーさんとチュッチュしてたんじゃないの〜?」

「僕にそんな度胸ないよ」

「確かにな」

「確かになじゃねえよ」

軽快なやりとり、ご近所に配慮して少し小さめの引き笑い。いつもと変わらない糸《いと》との時間だが、リリーさんにあんなことを言われたせいか、少し意識してしまう。

この会話が、いかに尊く儚《はかな》いものか。

今はまだ虚構のままの方が楽で、都合が良くて、心地いい。

それでもいつか糸を失うことになれば、後悔するかもしれない。ならばその日が来てもいいように、後悔しないように、ちょっとずつでも進めておくのは悪くないのかもしれない。

この、七並べを。

「糸ってさ」

「んー?」

「昔やりたかった仕事を、今できてると思う?」

「へぇ？」

　唐突な問いに、糸は変な声を出した。

「リリーさんの元Vチューバーの話を聞いて、なんかこう、仕事するってなんだろうなぁって思ってさ」

「あー、なるほどね。シーシャバーで働いてるリリーさんは、なんか楽しそうだしね」

　糸は遠い目をする。考えているのか何なのか、目黒川《めぐろがわ》沿いの高層マンションをボーッと見上げながら、チビチビと缶ビールを傾ける。

「冬《ふゆ》くんは、できてそうだよね」

　返ってきた言葉は、糸自身でなく僕に関することだった。

「大学時代からずっと、ゲーム会社で働きたいって言ってたもんね」

「そうだね。僕は、子供の頃から夢見ていた職業に就いてると思うよ。なったらなったでキツいことだらけだけどね」

「ゲームを作る人になれているだけ幸せなんじゃない？　知らんけど」

　糸は他人事のようにそう言って、どこか自嘲《じちよう》気味に笑う。

「これは言わないようにって思ってたけど……私は冬くんが羨《うらや》ましいって思うこと、あるよ。やりたい仕事ができてていいなーって」

「別に、言ってもいいだろ」

「言えないよ。だっていつもしんどそうだもん」

そうか。あんなに疲弊した様子でいたら、言えないか。

「就活の時期なんかはさ、やりがい最優先で会社を選んでる冬《ふゆ》くんが、今以上に羨《うらや》ましくて、それがエスカレートしていつしか嫉妬《しっと》しちゃって……」

それがきっかけで別れた。お互いに分かっているからこそ、口にはしない。

僕は、ずっと出そうか迷っていたカードを、ここで切る。

「じゃあ糸《いと》は、本当はどんな仕事をするのが夢だったんだ？」

「…………」

糸は、動きを止める。

暗く、流れる水の音しか感じられない目黒川《めぐろがわ》をじっと見下ろす。その微動だにしない横顔は人形のように可愛《かわい》らしく、それが余計に不気味さを醸し出している。

「私が、なりたかったのはね……」

糸は、視線を落としたまま、言い放った。

「お嫁さ～～ん！」

「あーパチキレそう。腹立つわコイツ」

「なーにー、別にいいじゃんお嫁さん！　だってずっと家にいていいんでしょー？」

「家事や育児を頑張っている全国の主婦の皆さまに謝れ」

糸は缶ビールをガバガバ飲みながら「ごべーんっ」と謝っていた。

夏の夜、川沿いでの外飲み。そんなふわふわとした雰囲気でも、あっさりと線を引かれた。

聞いてくれるなとでも言うように、虚構へと引き戻した。

思い返してみると、僕がやりたいことを糸に言うことはあっても、糸がやりたいことを僕に言ってくれたことは一度もなかった。

きっと糸には、やりたいことがあったのだ。

あるいは、今でも——。

「ていうかこれレギュレーション違反ですよねー、現実見てますよねー」

「ああ、そうだった。じゃあ罰金は、ウチの宿泊代ってことで」

「わーコスい。どこで実装したの、そのコスさ」

糸は結局そのカードを手札にしまったまま。もしかしたら一生、そのカードが場に出ることはないのかもしれない。

でも僕は知っている。糸が嫌っているこのクソみたいな現実を、少しはマシなものに変えることができる鍵《かぎ》を握っているのは、そのカードなのだと。

「さて、そろそろ帰るぞ。流石《さすが》に暑くてしんどくなってきた」

「んだね。ビールもぬるくなっちゃった」

そう言って糸は缶ビールをグイッと傾け、最後の一滴まで飲みきる。

「はい空き缶回収しますよー」

「お願いしまーす。カランカラーン」

ふたつの空き缶をビニール袋に入れ、買っておいたひとつのペットボトルのお茶をふたりで飲む。夏の夜の月見飲みは終わりを迎える。

この夜も、この感情も、虚構に染まっていく。虚構はいつか何も残さず消えていく。

でももしかしたら、僕と糸《いと》、いつかふたりで虚構を現実に変える日が来るのかもしれない。

ならば僕は、その日が来てもいいように、この七並べを相も変わらず続けてみようと思う。

あの頃幸せにできなかった糸を、幸せにできるように。その時の僕が、糸にとってどういう存在なのか、どんな関係かに限らず。

恋人でなくても、糸を幸せにすることはきっとできるから。

「ねぇねぇ、これからドンキ行かない？」

「おおどうした、急にそんな陽キャみたいな」

「ドンキにある大人のおもちゃコーナー、一回入ってみたかったんだー。気になるのあったら買ってみようよ」

「それは今夜試しちゃおうって、そういう話？」

「んんー、どうかなぁー？」

あぁでも悔しいけど、虚構は虚構で楽しいなぁ！

余談だが、シーシャバーに行ったと山田《やまだ》に報告した際に、リリーさんの過去についてどんな話を聞いたか尋ねてみた。

リリーさんは第三次世界大戦を未然に食い止めた元ＣＩＡだと言ったらしい。

山田は信じていた。

ご無沙汰《ぶさた》しております。純喫茶ユニコーンのウェイトレス、花屋敷《はなやしき》です。

今年も梅雨が明け、戸越銀座《とごしぎんざ》商店街に夏がやってきました。

例年にも増して暑さが厳しく感じられ、まだ七月ですが秋を待ち遠しく思ってしまいます。

お客様方の装いも薄手になってきました。紅茶やコーヒーには体を冷やす作用があり、室温調節が難しい季節です。より多くの方が快適に過ごせるよう、配慮しなければなりませんね。

さて日曜日の本日、ありがたいことに十五時現在テーブル席は全て埋まっております。注文の品は全て届け終えましたので、私はホールでご用命をお待ちしております。ウェイトレス仲間のナナちゃんは、カウンターで洗い物をしています。

例によってこの空いた時間は、自然とお客様観察をしてしまいます。

特に今この状況においては、嫌でも意識してしまうお客様方がいらっしゃいました。

「冬《ふゆ》くんそれ一口ちょうだいありがとう」

「何も言ってねえよ。てかまだ自分のにも手をつけてないじゃん……」

「一口目が一番おいしいからね。自分のも、人のも」

「人の一口目を奪おうとするなよ」

仲睦《なかむつ》まじく軽口を叩《たた》き合っている若い男女。ついには男性の方が女性に、ベイクドチーズケーキを一切れ「あーん」してあげております。

どこからどう見てもカップルです。が、私は彼らを知っています。

一か月ほど前に初めて彼らが来店した際、私がカップル割引をオススメしたところ、返ってきたこの答え。

『『あ、カップルじゃないんで』』

カップルでないのなら何なのか。というか以前来店した時より、さらに距離感が近くなっているように見えるのですが、気のせいでしょうか。私の脳がバグって久しいです。

勤務中にもかかわらず私の心を支配する男女。どうやら男性の方は「冬くん」、女性の方は「糸《いと》ちゃん」というようです。冬と糸、なんだか名前の響きさえ相性が良いように感じます。

すると糸ちゃんの方がゆるゆるの声色でこんなことを言います。

「しかしよく寝たなぁ。冬くんちのベッドのほうがよく眠れる説あるな」

「本当によく寝てたよ。寝言も言ってたし」

「ウソー恥ずかしぃー。私なんて言ってたの？」

「知らない方がいいよ」

「マジで何を言ったんだ私……」

決定的な会話を聞いてしまいました。呑気《のんき》に話すふたりとは裏腹に、私はわなわなします。

置物のように笑顔を絶やさずとも、心の中は大荒れでした。

よく眠ってた。寝言を言ってた。

こんな言葉が交わされるのは、お泊まりしたふたりでなければあり得ません。ですがカップルでない。ではこのふたりの関係は……っ！

「つまり適度なフェアリーテイルは睡眠に良いってことだな」

「フェアリーテイルしたいだけでしょ。てか昨日買ったアレさ、使い方あってたのかな？」

フェアリーテイルとは何でしょう。何を使ったのでしょう。私にはよく分かりませんね。

謎《なぞ》の単語まで飛び出して大混乱のところ、カランカランと扉が開きました。

新たなお客様の来店で我に返ります。ただその顔を見た途端、ふっと肩の力が抜けました。

やってきたのは黒縁眼鏡をかけた、華奢《きゃしゃ》で色白の女性です。

「あら麻理《まり》、いらっしゃいませ」

「うん。カウンター空いてる？」

まだ起きてからさほど経っていないのでしょう。彼女の目は開ききっていません。

麻理がカウンターに座ると、カウンター裏にいるナナちゃんはパッと表情を明るくします。

「麻理さん！　いらっしゃいませ！」

「こんにちはナナちゃん。良い色のネイルね」

「えへへ、自分で塗ったんですよ」

「あら上手ね。今度やってもらおうかしら」

「もちろん良いですよ！　花屋敷《はなやしき》さん、洗い物終わったんで私ホール出ますね」

ナナちゃんの顔には「気を利かせられる女です私！」と書いてありました。

「良いのよ別に」

「いえいえ、麻理さんとお話ししててください。どうぞカウンターに」

そうしてナナちゃんは元気にホールへと出て行きました。

ナナちゃんの厚意を無下にするのも悪いので、私は言われた通りカウンターに入ります。

麻理はそんなナナちゃんの背中を微笑《ほほえ》ましそうに見送っていました。

「それで、珍しいわね麻理。あなたがここに来るなんて」

「マスターのナポリタンが食べたくて」

「そう。ブレンドは食後でいい？」

「うん……いや、やっぱりすぐにもらうわ」

麻理はこめかみを指で押しつつ、引きつるような笑顔でそう言いました。

マスターの淹《い》れたブレンドを麻理は眼鏡を曇らせて一口。少し落ち着いた顔になりました。

「昨日は何時に帰ってきたの？」

「さあ、覚えてないわ。ちょっと深めにお客さんに付き合っちゃって。あなたのこと、起こしちゃったかしら、ハナ？」

「いや、全然気づかなかった」

「ふふ、そう。いいわねぇ」

図太くて、と言う言葉が省略されたような気がして、ムッとしてしまいます。

それを察してか麻理《まり》は不健康そうな真っ白の手で、私の手をさすります。さっと振り払うとクスクスと笑いました。私が嫌がることさえ彼女の愉悦の種になってしまうのが悔しいです。

「それよりハナ、私が入ってきた時、変な顔してなかった?」

「えっ、そ、そう見えた?」

「私にはね。他の人は気づかないかもしれないけど」

そこで不覚にも、冬《ふゆ》くんと糸《いと》ちゃんの席へチラリと目を泳がせてしまいました。そこに原因があると、麻理に教えるが如《ごと》く。

麻理は目を細めて微笑《ほほえ》むと、私の目線を追います。本当にいじわるな人です。

「あら、あの子たち……」

「え、麻理の知ってる人?」

この問いには答えません。麻理はコーヒーに目を落とすと、小さく笑います。

「もしかして麻理のところのお客様?」

「さあ、どうかしらね。あなたは、なんで気になってるの?」

「さあね」

麻理は仕事に関すること、特にお客様のプライバシーについて家で語ることはありません。私も同様です。なのでお互い、そこに関して深く尋ねることもないのです。

「ハナ、ウチの冷蔵庫に納豆って入っていたかしら？」

「え、いやなかったと思うけど。なんで？」

「食べたくなっちゃったから。あの子たちの顔を見たら」

何の関係があるのでしょう。気になるではありませんか。

「今晩は納豆に合うごはんがいいわ」

「また難しい……焼き魚とか？」

「いいね。それでお願いするわ」

「朝食みたいな夕食になるね。まぁいいけど」

そこで、マスターが出来立てのナポリタンにパセリをふっているのを確認しました。

「虚構の先には、何があるのかしらね」

麻理が小さく呟《つぶや》きます。

家ではあまり見ることのない表情ですが、愉快そうなのは伝わってきました。

私はそんな、ほんのりフルーティな香りを漂わせる彼女のために、マスターからナポリタンを受け取りに向かうのでした。

第十五話　教室

僕らは教室にいた。

目の前には濃い緑色の黒板。うっすらとチョークの匂《にお》いがする。

学校イスに座り、机に肘《ひじ》をつく。そんな僕の格好は学ランだ。

隣の席にはセーラー服の糸《いと》。背筋を伸ばして黒板を見つめる横顔は、凛々《りり》しく儚《はかな》げ。

夢の中のような光景だが、夢ではない。

僕らは教室にいた。

もとい、錦糸町《きんしちょう》のラブホテルにいた。


『ここ行きたい！』

そんなチャットが届いたのは数日前。添付されていたURLにアクセスするとラブホテルのホームページが表示され、「おっ、どうしたどうした」となった。

スクロールすると、そこにはいかにもラブホらしい目がチカチカするようなベッドルームとともに、学校の教室のような写真が並べられている。けして時空が歪《ゆが》んでいるのでなく、そういうコンセプトの一室なのだという。

『教室みたいな部屋がついてるのか』

『そう！　教室プレイができるんだって！』

教室プレイ。誠実に生きていれば人生で口にすることはないだろう言葉だ。ただ糸監督が演出してきたこれまでの異質なシチュエーションと比べれば、比較的ベーシックなものだと言えなくもない。

何より、教室プレイ、興味あります僕。

そこで金曜日の今日、僕と糸は錦糸町に向かった。もはや何の躊躇《ちゅうちょ》もない。恋人同士でない僕らは、正しさよりも一時の刺激と好奇心に身を委《ゆだ》ね、ラブホテルに入店した。件《くだん》の部屋に「休憩」で入ると、郷に入っては郷に従えの精神ですぐに用意されていた学ランに着替えた。糸もまたセーラー服に。そうして隣同士の席に座ってみた。

「…………」

「…………」

何とも言えない沈黙がふたりの間を包む。

「……どう？」

糸が尋ねる。おそらく感想を求めているのだろう。僕は素直に告げた。

「こんな小せぇ教室はねぇ」

糸は「ァ――っ」という引き笑いからの大爆笑である。

「ホントそれな！　何この極狭教室！　何を学ぶ教室なんよこれ！」

広いベッドルームの隣にある教室風の部屋は、八畳ほどの広さ。

黒板や教壇など小道具へのこだわりは感じるが、いかんせん狭すぎる。中央にポツンと置かれたふたつの学校机が、よりシュールな状況を演出していた。

「てか僕、高校はブレザーだったから学ランに思い入れないし。着慣れない学ランに着替えてこの不自然すぎる教室に入った時点で、もう気分はＡＶ男優なんよ」

「アー――――っ！」

糸《いと》はまたも爆笑。もうこの状況や僕の現状がおかしくてたまらないらしい。

「はーおかしい。ホントなんなのこの状況」

「糸が来たいって言ったんだろうよ」

「こんなん想定してなかったもん。宿泊で入らなくてよかったねぇ」

この部屋の値段設定は、教室が付随しているせいか他の部屋と比べてもう一段高い。宿泊で入ったらなかなかのお値段になっていた。

「まぁベッドルーム自体は豪華だからいいだろ」

「それにこれだけ笑えたら、元取ったようなもんですよ」

いまだツボから抜け出せない糸はケタケタ笑いながら、教室内をぐるりと一周。

その様子を僕は、ついまじまじと見てしまう。

「ん？　なに冬《ふゆ》くん？」

「いや、糸のセーラー服、いいなって」

「うふ」

糸は鼻を膨らませてニッコリ。その場でくるっと一周し、スカートの花を咲かせる。

それを見られただけで元が取れたようなものだ。と思ったけどセーラー服なんてドンキで二〜三千円で売ってるな。なら買った方がよかったな。買えば何度も着てもらえるし。たぶん。

「良かったねー来た甲斐《かい》があったねー。ちなみに、冬くんの学ランはね」

「どう？　似合ってる？」

「ＡＶ男優っぽい」

「おらぁぁぁ！」

「きゃ〜〜〜っ」

僕は逃げようとする糸を捕まえると、そのまま教室を出てベッドルームへ。ぺーンっと糸をベッドへ投げ飛ばすと、セーラー服のスカートがはだける。

紫色に煌《きら》めく電飾に照らされた、派手な装飾のベッド。そこに寝転ぶセーラー服の女子。

すごい、いけないことをしている気分だ。

「それじゃ冬さん、ここからは同級生プレイじゃなく、パパ活ＪＫプレイでいきます？」

「言わなくていいから、そういうこと」

「えへ」

出落ち感はあったが、それなりに楽しんだ金曜の夜だった。

＊＊＊

「――って、ことがあったんですよ～。笑った～」

「ふふ、バカねぇ」

教室風のラブホ部屋での出来事について、糸《いと》が語っている相手はリリーさんである。

月曜の夜、僕と糸はまたも五反田《ごたんだ》のシーシャバーに来ていた。

リリーさんに懐いている糸は、顔を合わせた瞬間、抱きつくのではないかという勢いで再会を喜んでいた。尻尾《しっぽ》をブンブンと振る犬のようであった。

にしても会って二度目の相手に、ラブホでのエピソードを披露できるまで仲良くなるとは。

もちろんカウンターに他のお客さんがいないからだろうが。

糸は酒が回っているのか、シーシャが思いのほか効いているのか、いつもよりテンションが高い気がする。いずれにせよ、チルできているようで何よりだ。

「すみませんリリーさん、ちょっとお手洗いに」

「ええ、段差に気をつけてね」

糸《いと》がトイレに消えていくと、リリーさんはウイスキーを傾けて一言。

「もう生でヤった？」

「ご想像にお任せします」

リリーさんはシーシャをくゆらせて「つまらないわね」と呟《つぶや》く。慌てる僕の姿が見たかったのか、生でヤってないのがバレたのか。どちらにせよ酷《ひど》い。質問も酷ければ反応も酷い。

「相変わらず可愛《かわい》いわね、糸ちゃん。自分の闇《やみ》を隠し慣れている子は好きよ」

さらりと怖く鋭いことを言うリリーさんは、続けてこんな質問を突きつける。

「でも、今日のあなたたちはちょっと変な感じね。何かあったの？」

「え……分かるんですか？」

「ほんのちょっとね。先週見た時より……」

「え、先週？」

「いや違った。もっと前よね、最初に来てくれたのは」

珍しく、リリーさんが少し慌てて訂正した。

気にならなくもないが、僕はそれ以上の問題に気を取られていた。

「その時よりもふたりの間に、不自然な空気感があってね」

「……ほう」

「それに今日のあなたたち、あんまり目を合わせてないじゃない？」

その観察眼には敬服の一言。怖さすら感じる。

「実は先日、件《くだん》のホテルを出たあたりからちょっと変な空気で。ちょっとだけですけど」

「思い当たる節はあるの？」

「うーん……」

きっかけらしきものはあった。

退室二十分前、ベッドにてスッポンポンで猫のように伸びをする糸に、僕は尋ねた。

「シャワー浴びてくるけど、先行きたい？」

「んー？　一緒にお風呂《ふろ》入らないの？」

「え、いや、風呂入れてる時間なくない？」

「私、さっき入れておいたよ？」

「え、そうなの。うーん……でもゆっくり入ってる時間は……」

「そっか。じゃあ私から先シャワー入るね」

このやりとりを最後に、糸はちょっとおかしな雰囲気を発するようになった。具体的には、ぬーんという顔をするようになった。

糸は一緒に風呂に入りたかったのだろうか。

これ以前にも、フェアリーテイル後に何度か、一緒に風呂に入らないのかと言われた記憶がある。思い返してみると、それを断るたびに糸はぬーんという顔をしていた。

こんな微妙な感じになるなら一緒に入っておけば、と思うが、そうもいかない事情がある。

糸《いと》にとっては一緒に風呂《ふろ》なんて、何でもないことなのだろう。たとえ恋人同士でなくても。むしろ気兼ねない関係だからこそ誘えるのだ。まるで小学生の兄妹が一緒に入るように。

でも僕にとってはそうじゃない。それは恋人同士だからできることだという線引きがある。フェアリーテイルはしているのだからおかしな話だが、これは気分の問題だ。

「あるのね、思い当たる節」

リリーさんは息を吸うように僕の心情を見抜く。

「……ですね。でも、難しいです」

「難しく捉《とら》えすぎてるだけじゃない？」

「いや、これが本当に難しくてですね」

「またふたりで内緒話ー？」

糸が帰ってきた。僕が答えに迷う素振りを見せるよりも早く、リリーさんが答える。

「例のホテルの話よ。教室風の」

「まだその話してたの？　冬《ふゆ》くん、実はけっこう気に入ってた？」

「ちゃうわい」

リリーさんのおかげでシームレスに何でもない話へ移行でき、一安心。

しかしそこでリリーさんがまた、とんでもない方向へと話を転がす。

「ま、結局そういうプレイが盛り上がるのって、その場所に思い入れがあるかどうかだから。今回の場合、実際に自分が使っていた教室でもないとダメよ。制服とかもそうね」

「ですよね。そういう小さな違和感がすごい邪魔だったりしますよね」

「でもだからこそ思い入れのある場所での行為は、他では味わえない刺激があるの。それこそ教室でいたしちゃってニュースになる教員が後を絶たないのも、そのせいでしょう」

すごい話をしている。元カノと超美人さんがすごい話題で熱論している。

「つまりね、あなたたちが本当に刺激を求めたいのなら」

リリーさんは白煙を吸って、吐いて、一言。

「大学の教室でヤっちゃいなさい」

「何言ってんだあんた」

「いいですね！　それだ！」

「えっ」

思わず糸の顔を直視する僕。

久々に合った気がした糸の目は、悪の色味で光っていた。

＊＊＊

土曜の昼前、僕と糸《いと》はいるだけで心が軽くなるような場所にいた。

「うわっ……何年ぶりだろう」

「私はつい最近も来たよ。実家帰った時に」

駅から正門までの道のり、そして正門から見た風景。すべてが懐かしい。

僕らは母校である大学のキャンパスに来ていた。それも僕と糸が大学の一～二年次に通っていたキャンパスだけあって、より深く郷愁をくすぐられる。

糸と付き合い始めた頃からの思い出が、一気に蘇《よみがえ》ってくる。

「さ、行こ行こ」

「いいのかな、勝手に入って」

「卒業生だし大丈夫でしょ。私はこの前入ったけど、何も言われなかったよ」

糸はズンズンとキャンパスを進む。その背中を見て僕は、郷愁以外の感情も思い出す。

『大学の教室でヤっちゃいなさい』

『いいですね！　それだ！』

糸よ、まさかおまえ……それは流石《さすが》にマズいぞ。

そんな危機感を抱きながらも、心の奥ではゾワゾワしてしまっている僕がいた。

キャンパス内を見て回る。休日なので人はまばらだ。卒業した後にできた施設もあり、糸は「ほうほう、やりますね」などと謎《なぞ》のＯＧヅラで観察していた。

そうして今度は馴染《なじ》みのある校舎へ。そこはもう見た目だけでなく、匂《にお》いまでもがあの頃のまま。隣にいるのは糸。心までもがあの頃に戻ってしまいそうだった。

僕らは示し合わせたように、その教室の前で立ち止まった。

「水曜三限といえばここですよね、冬《ふゆ》さん」

「うわーヤバイ。懐かしいしか出てこない」

そこは、学部の違う僕と糸が共に講義を受けた数少ない選択科目で、使用していた教室だ。土曜だが現在は使用されていない。というかこの階自体に人の気配はなかった。

糸と僕は吸い寄せられるように、あの頃の定位置へ。

窓際の前から三列目、隣同士。

隣に座る糸の横顔は、あの頃よりも少しだけほっそりとしていて、色気があって――。

「よっしゃ、それじゃヤろうか冬くん」

「うおぉい！」

薄いアウターをサッと脱ぎ出した糸の手を、僕は思わず捕まえる。

すると糸は真顔で僕を見つめる。が、徐々に笑いを堪《こら》えられなくなっていた。

「あはは、いやいや冗談っすよ」

「何だよ……びっくりしたぁ」

「こんなところでヤったらいろんな意味で終わりだよ。警備員さんに見つかったらお縄だし、動画撮られてSNSで出回ったら社会的に死ぬ」

良かった。刺激を求める糸《いと》でも、基本的な良識はまだ残っていたようだ。

心の底からの安堵《あんど》が表情に表れていたようで、それを見た糸は少し不満そう。

「私のこと、どんな人間だと思ってるの？　そんな欲求不満でもアホでもないんですけど」

「だってリリーさんの前ではああ言ってたし、何より本当にキャンパスまで来たわけで」

「そりゃあの時はノリでね。今日来たのは、懐かしい気分に浸りたかったからさっ」

糸は肘《ひじ》をつき、頬《ほお》に手を当てて大人な笑顔。少し情けなさそうにも見えた。

「まぁ私はよく来るんだけどね」

「そうなの？」

「うん。実家からウチに帰る時、何回か途中下車して、ここと駅前通りを歩いたな」

糸の実家からこのキャンパスまでは電車で一本。帰省のたびに通るなら確かに、途中下車したくもなるか。懐かしいご飯屋さんも多いし。

「あとね、実際に来なくても、懐かしい場所はよくグーグルマップで見てるんだ」

「あー、ストリートビュー？」

「そうそう。この辺とか、サークルのみんなとよく遊びに行ったところとか。あと……冬《ふゆ》くんの前のアパートの辺りとか」

糸は気恥ずかしそうに言った。じわっとその言葉が心に染み渡る。

「あー、あの辺な。確かに僕も引っ越してから一回だけ、ストリートビューで見たよ。東京はほんの一～二年でもどんどん店が変わっちゃうんだな」

「そうそう。でね、お酒を飲みながらそういうのを見てるとさ、泣けてきちゃうんですよ」

「へー、そんなんで泣けちゃうもん？」

「あ、ちょっとバカにしたね。許さんぞ、パチキレちゃうぞ」

糸は座りながら「しゅっしゅ！」とシャドーボクシング。手のひらをかざすとペチンと一発当ててきた。何してんだか。

「あ、そうだ冬くん、ここで写真撮ってよ。ＳＮＳに載せたい」

「おお、いいね。大学のやつらが食いつくな」

「講義受けてるフリしよ。美人に撮ってちょ」

僕がスマホをかざすと、糸は正面を向いて真面目な表情。背筋をぴっと伸ばす。

画面に映った糸を見る。見比べるように、この瞳《ひとみ》で糸を見る。

目が、心が、奪われていく。

「っ――」

じんわりと溶けるように、心が崩れていく。

入道雲が立つ夏空と、揺れる木々と、古びた校舎を切り取った窓。

あの頃と同じ席に座る糸。

鼻筋が通り、顎《あご》の曲線がシャープな輪郭。上に伸びる長い睫毛《まつげ》、凛《りん》とした瞳《ひとみ》。

糸《いと》の横顔は綺麗《きれい》だ。あの頃と同じように、いやあの頃にも増して、美しく見えた。

そう、見惚《みほ》れていた時だ。

スマホ画面に映る糸の、その頰《ほお》に、一筋の涙が伝った。

「え……ど、どうした糸?」

スマホを下げ、この目で糸を見る。その涙はポロポロと次々に落ちていく。

糸は口を震わせ、頰を赤くして、それでも自嘲《じちょう》気味に笑った。

「あはは……ごめんっ、なんだろう……急に泣けてきちゃった……」

「な、なんで……何か……?」

「大丈夫、だいじょうぶっ……ちょっと懐かしすぎて、センチになっちゃっただけだから……あはは、なにしてんだろ私……」

顔を歪《ゆが》める糸はカバンからハンカチを探そうとする。それよりも早くポケットティッシュを差し出すと、鼻が詰まった声で「あんがと……」と言って受け取った。

「……まぁ、そういうこともあるよな」

「うんっ……あるんだよねぇ……」

何の解決にもならない僕の言葉に、糸は嬉《うれ》しそうに、涙で濡れた笑顔を見せる。

糸が今、何を思い、何を抱えているのか。

僕と糸は現実を見ない。ただ楽しいことを共有するだけの関係。会社の愚痴を言い合うことはあっても、互いの心の闇《やみ》へ深く踏み込むことはない。

仕事終わりや休日に飲んだり、戯れに体を重ねている、僕らだけの関係。

それでもこの七並べにおいて、全てのカードが出揃《でそろ》うなんてことは、きっと叶《かな》わないのだ。

ゆえに僕には糸のその涙が、ノスタルジックになって落ちただけであるようにと、ただただ祈るしかなかった。

第十六話　大宮

三週間近く、糸《いと》に会っていない。

別におかしなことではない。糸にも僕にも、少ないながら休日に予定ができることはある。恋人でもないし、というか恋人であってもこれくらい会わないことはあるだろう。

少し気になったのは、チャットなどの連絡も、一週間以上取っていないことだ。

実は二週間ほど前、次の土曜に飲みに行こうか、なんて約束をやんわりと交わしていた。ただその前日、飲みに行くのが難しくなった旨を告げられた。

理由は、例によって父親。約三か月ぶりの呼び出しだという。

ただそれも想定内だ。前回もそうだし、付き合っていた頃にも何度かあったことだ。なので特別気にはしていなかった。どうせ実家で居心地悪い思いをしているのだろうから、ご機嫌伺いのチャットでも送ってやろうと、そんな軽い気持ちでいた。

しかしチャットを送ったところ、返信はこうだ。

『大丈夫だから。気にしないで。ごめんね』

想定していたよりも、少し重みを感じた。

その数日後、僕はエンヴァに誘ったが、『ちょっと今忙しくて』と断られた。結局それが最後に交わしたチャットとなった。

もしかしたら糸は今、重たい何かを抱えているのかもしれない。

踏み込んでしまおうかと悩んだ。何か辛《つら》いことがあるなら、手を差し伸べようかと。

だが、僕は堪えた。僕に相談してどうにかなる問題であれば、あるいは話すだけで楽になるような問題であれば、すでに連絡しているはずだから。

今の僕と糸の関係ならば、糸から話してくるのを待つべきだ。無理やり踏み込んで「悩み聞くぜ」なんて熱血な展開を、糸は絶対に望んでいない。そもそも僕はそんなガラではないし、そんな歳《とし》でもない。

きっと今も糸は、この状況を笑い話にできるように頑張っているはず。

だから大丈夫。このまま僕らの関係が途切れるはずはない。大丈夫。

自分にそう言い聞かせて、僕は糸からのチャットを待ち続けた。

＊＊＊

『気圧』

糸からこう送られてきたのは、最後のチャットから十日後、金曜の朝方のことだった。

久々の連絡は、糸らしいような、どこかＳＯＳとも取れるような気圧訴え。

向こうから連絡が来たことにひとまず安堵《あんど》。僕は前回同様、出社前の朝活に誘ってみた。

今回はウチの最寄り駅近くに新しくできた喫茶店で朝活することに。以前から糸《いと》が来たがっていたお店で、スコーンが美味《おい》しいらしい。

紅茶の香りがいっぱいに漂う店内にて、僕は糸を待った。

やってきた糸は前回のように、いや前回にも増して重苦しい顔色をしていた。

「おっす。辛《つら》そうだな」

「うん」

「スコーン食べるか？」

「もらう。半分でいいや」

運ばれてきた紅茶を一口。スコーンをかじり、また紅茶を一口。

どれも糸が好きな味だ。ゆえに糸は笑顔を浮かべる。それが自然な笑みか、作られた笑みかなんて一目瞭然《いちもくりょうぜん》だ。それでも糸はその笑顔を残し続ける。

「なんか今週大変そうだったな」

「うん。毎日残業してた。ごめんねー、エンヴァできなくて」

「繁忙期なのか？　どれくらい残業してんの？」

「うーん……」

糸は答えない。笑い話にもならないレベルなのか。

具体的な数字は答えない代わりに、糸は社内事情を打ち明けた。

「島村《しまむら》さんって覚えてる？」

「ああ、同じ部署の先輩だろ？」

「あの人、先月末で急に辞めちゃってさ」

「え……」

「その割りを食ってるところなの。そもそも人に仕事がついているような状態だったからさ、ひとりいなくなっただけで、まー地獄だね」

「そっか……」

愚痴ってくれれば、なんて無責任なことは言えない。

体力的にも精神的にも、愚痴を言う余裕さえなかったのだ。

「どうにかなる見込みはあるの？」

「一応求人は出してるって。それと何年か前に別部署に異動した人を呼び戻して、立て直そうとしてるけど……そもそもその人、厄介払いみたいな形で異動した人だから。口だけで大して仕事もできねーくせにさぁ。参っちゃいますよ」

いつもより少々口が悪くなっている。口だけでなく目つきも鋭くなっているようだ。

人は本当に余裕がなくなると攻撃的になる。僕にも身に覚えがあった。一番怖いのは、その当時の自分には全く自覚がなかったことだ。

正直、心配だった。

「前から思っていたけど、糸《いと》の会社はちょっとおかしいよ。そろそろ考えた方がいい」

「何を？」

「真っ先に考えるべきは、転職だと思うけど……」

糸は前に、父親が死んだら転職を考えると言った。

つまりは仕事の選択すらいまだ、父親によって支配されているということだ。

それが普通でないことは当然分かる。糸自身も痛いほどに分かっている。それでも「父親に逆らえばいい」なんて、優しさの形をした正論なんて、心のどこにも響きはしないのだ。

「そういえば実家に帰ったんだよな？　今度は何の用件で呼ばれたの？」

この問いにも糸は答えない。真っ赤な紅茶を見下ろして自嘲《じちょう》的に笑う、それだけだ。

「そろそろ行かなきゃ。時間だよ」

糸の言う通り、もう出なければいけない時刻だった。それでもこのまま会社に行かせていいものかと、悩んでいる間に糸はスタスタと会計に向かってしまった。

電車の中はいつものように混んでいる。

僕と糸は密着し、その日常の中の小さな地獄にて、ただ時間が過ぎるのを待つ。

「糸、今日の夜空いてるか？」

まだ糸とは話さなければいけない。そう思って誘うも、糸は取引先相手にするような、ちょっと困ったような笑顔で首を振った。

「仕事終わった後、実家に帰らなきゃいけないから」

「また？　なんでそんなに帰ってるんだよ」

「……いろいろあってねぇ」

またそこで線を引く。ここから先は踏み込まないでね、と。

会社だけじゃない、家庭でも何かあるのだろう。頭痛に苦しむその表情が物語っている。

でも、そんな明確に拒絶されては、踏み込めない。

それが僕らの関係だから。

「……ん？」

まもなく降車駅に着くとのアナウンスが車内に響いた時だ。

ふと、糸が僕の服の裾《すそ》を摑《つか》んだ。

その手は、震えている。

「どうした？」

「……ううん、なんでもない。大丈夫、大丈夫……」

「…………」

手を離した糸は、唇を震わせながら、申し訳なさそうな笑みを見せた。

その顔を見た直後、心の中でくしゃっと、生卵を落としたような音がした。

気づけば僕は、糸《いと》の細い手首を摑《つか》んでいた。

「え？」

降車駅に到着。ゾロゾロと人が降りていく。

糸もその流れに乗ろうとするが、僕はその腕を放さない。

「ちょっと冬《ふゆ》くんっ、何を……」

「いいよ、もう」

「何が……」

「逃げちゃおう」

電車の扉が閉まると、糸は途端に脱力。そして僕を睨《にら》む。

「何考えてるの、これじゃ遅刻……」

「ちょっと黙ってろ」

「っ……」

僕は速やかにスマホを操作。ものの数分で決済までいけるのだから、いい時代になった。

見れば糸は、怯《おび》えるような表情でスマホを凝視している。遅刻の報告の文面を考えているのだろう。僕はそのスマホを取り上げた。

「あっ、なんで……っ！」

「欠勤報告なら僕が後でしておくよ。嫌味たっぷりに」

「な、なんで……それに欠勤って……」

腕を握られたままの糸の表情は、恐怖と絶望で染まっている。

会社があるのも実家があるのも、東京だ。

東京なんかにいるせいで、糸はこんな顔をしているのだ。

だから、とっとと出て行ってしまおう。


電車が東京駅に着いたところで、僕たちは下車した。そのまま新幹線改札の前まで来ると、糸は恐る恐る尋ねる。

「もしかして……今から新幹線でどっか行くとか言わないよね？」

「それ以外何があるんだよ」

「冗談でしょ！　そんなのダメだよ！　私会社行くからね！」

僕は券売機を操作しながら、去ろうとする糸へ一言。

「スマホはいいの？」

「あっ、返して！」

「はい切符。十分後に出発だからちょっと急ごう」

糸の分の乗車券と特急券を渡すと、僕はさっさと新幹線の改札を通った。

糸《いと》のスマホは、鞄《かばん》に入れたままだ。

「な、何考えてんの……スマホ返してよ」

「そんなに会社に行きたいなら行けば。スマホなくても出勤できるでしょ」

「………」

「ブスだなーその顔」

糸は僕を睨《にら》みつけたまま、その場で数秒ほど停止。

ロボットのようにぎこちない動きで歩き出すと、改札を抜けて僕のもとまで来た。

「いてっ」

そしてグーで腹を一発。やはり攻撃的になっている。

「スマホ返して」

「新幹線に乗って、出発したら返すよ」

「………」

僕は再び糸の手首を捕まえて、ホームへと早足で歩き出した。

午前九時過ぎの東北新幹線、その車内は思いのほか乗客がいた。一番多いのはサラリーマンだが、カップルらしき若い男女も結構いる。

「そっか、大学生は夏休みか。羨《うらや》ましいですねぇ」

「……何やってるの、私のスマホで」

話しながら僕は、糸のスマホにつらつらと文章を打ち込んでいく。

「あ、でも金曜有給で旅行の社会人さんもいるか。僕らみたいに」

「僕らみたいって……本当にこのまま旅行に行くつもりなの？」

「そりゃね。はい返す」

新幹線が東京駅を発った直後、僕は糸にスマホを返した。

その画面には、メモアプリが表示されている。

「……何この文章」

「勤怠連絡用テンプレ」

僕が書いていたのは、糸の会社へ欠勤の旨を伝える文章だ。

糸をよく知る第三者が書いたという設定で、糸が朝方ぶっ倒れたとのトピックを軸として、過労やストレスが原因である可能性が高いとの見解に、劣悪な職場環境への嫌味を小さじ一杯加えた渾身《こんしん》の欠勤報告。我ながら名文と言わざるを得ない。

「大ウソだし、大げさだし……これ送ってどんな顔で月曜出社すればいいの」

「超被害者ヅラすりゃいいよ。その内容がイヤなら自分で考えりゃいい」

「てか冬《ふゆ》くんの方は大丈夫なの」

「たった今、休むって社内チャットで連絡した。ぶっちゃけ立て込んでるけど、もう知らね。よっしゃ、それじゃ……」

上司への連絡を済ませて心が軽くなった僕は、ホームの売店で調達した缶ビールをプシュッと開けて喉《のど》へ流し込んだ。

平日午前に飲むビールは、背徳感が旨《うま》さを何倍も増幅させていた。

「かーっ、キンキンに冷えてやがるーっ！　まぁノンアルなんですけどね」

「……なんでノンアル？」

「さぁてね。でもすごい、ノンアルでもちゃんとビールの味だわ。うめー」

糸《いと》は、いまだ怪訝《けげん》な目を僕に向けながらも、ほんのり羨《うらや》ましそう。

それからしばらくノンアルビールと柿の種でゴキゲンになりながら、スマホをイジイジしていると、隣の席から呪詛《じゅそ》のようなかすれた声が聞こえた。

「……こっちの気も知らないで」

「糸の分も買っておいたよ。ノンアルじゃないヤツ。てかまだ会社にメール送ってないの？」

「……それ、さっきからスマホで何してるの？」

「今日泊まる宿を探してる」

「えっ……」

久々の旅行だし、ちょっとお高い旅館でもいいかな、と僕はウキウキで宿泊サイトを眺めていた。しかし糸はまたも顔に不安の色を映す。

「ダ、ダメだよ。私今日帰るからね。実家に行かないと……」

「あ、ここいいな。大浴場が広くてメシもうまそう。料金もそこそこでいいじゃない。んじゃこの一番高い部屋を二名で予約っと」

「ダメだって！　泊まらないからね私！」

「決済完了。はー楽しみだなぁ」

「ウソ……本当に予約しちゃったの？」

柿の種を口に放り込みながら頷《うなず》くと、糸は唖然《あぜん》とする。言葉にもならないらしい。

しかし数分が経った頃だ。糸はガッと顔を上げると、スマホをささっと操作。その後置いていた缶ビールのプルタブを開けると、豪快に流し込んだ。

「……会社にメール送った。考えるの面倒だったから、さっきの文章」

「ついに覚悟を決めたか」

「なんか、大宮《おおみや》を越えたらどうでも良くなった」

よく分からないが、糸の心を決める分水嶺《ぶんすいれい》は大宮にあったらしい。窓の外を見ると、住宅の間にポツポツと畑が顔を出してきた。

「でも、泊まらないからね。普通に帰るからね」

「いいんじゃない？　旅館でひと風呂《ふろ》浴びてまったりして帰るのもアリ、旅館メシ食って終電ギリギリで帰るのもアリ。自由にしてくれ。僕は普通に泊まるけど」

糸が僕を見る目は、いまだ恨めしそう。こりゃ嫌われたかかな。

「あと、言っとくけど全然カッコよくないからね、この強引な感じ。自分勝手に暑苦しく連れ出すのがイケてるって風潮、私大嫌いだから。駅員さんに助け求める寸前だったからね」

「うん知ってる。ウザいよなー、独りよがり自惚《うぬぼ》れ正義マン」

「分かってるのに、なんでこんなことしたの」

「さあね。知らね」

「何それ、本当バカ。バーカ」

大いに悪態をついて、糸《いと》はビールを傾ける。そうして座席にもたれかかり、ふっと一息。

それから寝息を立てるまで、あまり時間はかからなかった。

僕の肩に寄りかかった糸は、その時だけは、全てを忘れられたように無垢《むく》な寝顔だった。

第十七話　那須塩原

那須塩原駅《なすしおばら》に着いたのは十時半過ぎ。

気持ち良さそうに寝ている糸《いと》を起こすのは心苦しかったが、すでにこの周辺で宿も取ってしまったので降りる他なかった。

「こんな早く着いちゃうとは思わなかったな」

「那須って近いんですよ冬《ふゆ》さん。栃木だからってめっちゃ遠くだと思ったんでしょ」

「さーせん。四国の民に東北の土地勘はなくて」

「栃木は関東だけどね」

短いながらも睡眠をとって多少は頭がスッキリしたのか、あるいは改めてサボり旅行への腹をくくったのか、糸の口調に刺々《とげとげ》しさはなくなった。

「チェックインは十五時だから、まだまだ時間はあるな」

「足はあるの？」

「レンタカー借りるよ。旅館までも車じゃないと面倒だからな」

「だからノンアル飲んでたんだ。大丈夫？　私、冬くんの運転で死にたくないんですけど」

「大丈夫大丈夫。卒業前に車旅とかしてたし、今でも毎年旅行のたびに運転してるから」

「あー、毎年山田《やまだ》くんとかと旅行してるんだっけ」

それでもサンデードライバーに変わりはない。よその家の子を乗せているのだから注意しなければ。とは思いつつ、糸とふたりきりでドライブは、というか旅行そのものが初めて。自然と心は高鳴るというものだ。

レンタカー屋にて、僕が手続きをしている間に糸は、周辺の観光地を検索していたらしい。

助手席に座るやいなやカーナビを操作する。

「お、牧場かーいいねぇ」

糸が入力したのは、見覚えのない名前の牧場だった。

「那須って有名なところなかったっけ。動物園と遊園地と一緒になってるみたいなヤツ」

「あるけど、今日はなんか、人が多そうなところ行きたくない」

「そっか。んじゃ早速出発ー」

見知らぬ土地でハンドルを握る。助手席には糸。つい顔がニヤけてしまう。

「なんか顔が緩んでるけど……さっきの本当にノンアルだった？」

「ノンアルだって。楽しんでるんだよ、この状況を。糸は楽しくない？」

「はいはい、楽しい楽しい」

「おっ」

赤信号で止まったところで、僕は糸の表情を確認。確認されるのが鬱陶《うっとう》しかったか、顔面を手のひらで覆われた。指の隙間《すきま》から見える糸《いと》の顔は、ムスッとしている。

「もうここまできたら全力で楽しまないと損でしょ。少なくとも夜までは」

まだ日帰りで東京に戻る気らしい。これならもっと遠方まで足を延ばせばよかった。

それでも、そんな思いを口には出さない。

今はただ、楽しいだけでいい。

「そうだよ、せっかくのサボり旅行なんだから楽しまないと」

「とりあえず那須《なす》といえば牛乳とソフトクリーム！　そしてでけぇソーセージに高原ビール！

とっとと飲ませろ食わせろ！」

「よっしゃ、任せろ！」

信号が青になり、僕はゆっくりとアクセルを踏み込む。

面倒ごとは全て東京に置いてきた。

今は、今だけは、僕らを縛り付けるものは、何ひとつとしてない。


「うへぁー、くせー」

牧場の駐車場にて、車から出た途端に糸は、こう言って満面の笑みを浮かべた。

「牧場に来たって感じる匂《にお》いだよな」

「こんな匂いの中ソフトクリームとか食べるって、実は正気の沙汰《さた》じゃないよね」

「まぁ食うけどな」

「うん、食べるけどね」

入場無料の素朴な雰囲気の牧場は、家族連れやカップルがチラホラと見られる。彼らに紛れて恋人でもないサボり会社員ふたりは、ザリザリと砂利道を歩く。

「よく考えたら、牧場に来るとか全然想定してない恰好《かっこう》だったな。どうしてくれる」

確かに糸の服装は、小綺麗《こぎれい》な恰好ではあるが、おおよそ牧場などに足を運ぶような装いではない。旅行中だとしてもだいぶ硬い印象だ。それもそのはず、通勤着なのだから。

「牧場を選んだのは糸だろー。それに僕だってこれ、全然プライベートって感じじゃないし」

「えっ、冬《ふゆ》くんの服って仕事用とプライベート用で違いあるの？」

だいぶ失礼なことを言われた。

店が立ち並んでいるエリアで、早速ソフトクリームの販売所を見つけた。僕と糸は言葉を交わさず吸い寄せられるようにその列に並ぶ。

「おーいちー――っ」

真っ白なソフトクリームを一口、糸は弾《はじ》けるような笑顔で美味《おい》しさを表現した。

「濃厚って、こういうことだよな……」

「ほんと最高！　仕事サボって良かったーっ！」

ソフトクリームひとつで、数時間前の重苦しい逡巡《しゅんじゅん》がなかったことになった。それが大げさでないくらい、真夏の牧場でのソフトクリームは格別だった。

　那須《なす》高原の緑豊かな山々や、芝生でのんびりとお散歩している牛や馬を眺めながら、僕らはソフトクリームを食べ歩く。

「空が高いねぇ」

「空ってこんなに高かったんだなぁ」

「牛さん気持ち良さそうだねぇ」

「牛乳いつもありがとうございます」

「豚さんもいるよ、かわいいねぇ」

「お肉いつもありがとうございます」

　目に映るものだけじゃない、五感が捉《とら》える全てがあまりにものどかで、僕らの会話からみるみるうちにＩＱが奪われていく。

　糸《いと》が綺麗《きれい》めの通勤服を着ているため、動物とのふれあい広場には入れない。ゆえにその柵《さく》の外をポテポテと歩いていると、糸は急に悲鳴に近い声を上げて崩れ落ちる。

「ねー可愛《かわい》いぃぃい、何このひと～」

　子ヤギが柵の内側からこちらへ顔を出すと、糸は天使を前にしたような笑顔を見せた。僕らにアピールしてくる子ヤギ。その頭を糸は何度も優しく撫《な》でていた。

「うわぁ連れて帰りたい～。子ヤギとの生活を面白おかしく描いたエッセイマンガをＳＮＳで

投稿して大手出版社から書籍化して印税収入得たい〜」

「やめろ。こんなのどかな場所で醜《みにく》い欲望を出すな」

独特な感性だが、心から牧場を楽しめたようで良かった。


牧場を一通り堪能《たんのう》した後も、まだチェックインまでは二時間近くあった。

他に行きたいところはないかと尋ねたが、糸《いと》はもう歩くのにも疲れたよう。そもそも連日の残業で疲れが溜《た》まっているのだ。

そこでチェックインの時間まで那須《なす》高原をドライブすることに。

途中で見つけた道の駅にて軽く昼食をとったのち、緑に囲まれた道をひた走る。

「うひぃ〜やっぱ那須にきたらこれだよねぇ〜」

「糸、僕に悪いって思わない？」

「思いませ〜ん、ビールうめぇ〜！」

糸は助手席にて、でけぇソーセージ片手に高原ビールを飲んでいる。新幹線でのを含めて、本日二本目である。運転中の僕はもちろん、アルコールはまだ一滴も摂取していない。

糸は僕がお預けを食らっているこの状況をも肴《さかな》に、愉快な酒盛りを展開していた。

「まぁ僕も夜飲むからいいけど」

「え〜じゃあ誰が今夜、私を駅まで送ってくれるの〜？」

「バスで帰れ」

「ひど～い！　パァ～～～っ！」

糸が最近謎《なぞ》にハマっている煽《あお》り声と煽り顔。これはもう本当にウザい。運転中でなければ鼻に噛《か》み付いているところだ。

「それより糸、さっき道の駅で何買ってたんだ？」

「んー？　これのこと？」

運転中なので前方とバックミラーを意識しつつ、チラリと糸の方を見て、また視線を戻す。

「Tシャツか。いいじゃん」

「ねー可愛《かわい》いよねー、ヤギちゃんの白T」

デフォルメされたヤギが右胸に小さく描かれている白いTシャツ。糸は大事そうに袋にしまい直した。せっかくだから僕も色違いを買っておけば良かった。

ふと、ダッシュボードに置いている僕のスマホがブルッと震えると、糸は僕に断りなくシュババッと奪い、通知内容を確認する。

「お、市川《いちかわ》って人から心配のチャットがきましたよ。女の子っぽいぞ～」

「あー、今お昼休憩の時間か。市川さんはいい子だなぁ」

「あー市川さんってアレか、冬《ふゆ》くんがサンドバッグになって転職を食い止めた子か」

なんだその覚え方は。間違ってないけど。

「申し訳ないな。風邪で寝込んでるってウソついて、那須《なす》高原をドライブしてるんだから」

「んじゃ『ごめーん今サボってまーす、パァ〜〜』って打っとく?」

「そんなん見たら転職しちゃうわ市川《いちかわ》さん」

時間はいっぱいあるので、ひとまず景色の良い場所を目指し、僕はぐにゃぐにゃと曲がった山道を上へ上へと登っていく。こういう時、地元の皆さまには荒っぽい運転を控えていただきたい。マジで心臓と股間《こかん》がヒュンッとする。こっちには酔っ払いサボりOLが乗ってんだぞ。

「冬《ふゆ》くんの運転ってさ」

「ん?」

「ブレーキ優しいね」

「あー、それはこだわってますね」

僕は差し迫った状況を除き、基本ブレーキは「スーースンっ」という感覚を心がけている。単純な好みの問題だが、車酔いしやすいのでそれを軽減するためでもある。

「山田《やまだ》のブレーキは雑で荒いんだよ。だからあいつが運転すると大概酔うんだよなぁ。ほんと嫌いだわあいつ」

糸《いと》は笑ってはいけないと思いながらも笑いが堪《こら》えられない様子。僕の山田への悪口を、糸は昔からやけに笑う。嫌いなのではなく、単純にツボらしい。

「でも私も、直近でブレーキ荒い運転を体感したからさ、冬くんのは余計に優しく感じるよ」

「へー、誰の運転？」

「元カレ」

皮肉っぽい微笑《ほほえ》みを浮かべる糸。

元カレ。つまり「恋とかじゃない」の人。糸のひたむきな恋愛への心を踏みにじった男だ。

「ドライブとかしてたんだ」

「うん。横浜とか行ったかな。まぁ車内でもレストランでも七割無言だったけど、お互い」

「うわぁ、しんどいな」

「なんで一緒にごはん食べてるんだろうって思うよね。しかもお店の人に態度悪いしさ。ストレスしかなかったわー、あの時間」

窓の外の広大な景色を眺めながら悪口をかましていた糸だが、ふと僕をじっと見つめる。

「冬くんは、むしろ感じいいよね。店の人とかに」

「いいよねっていうか普通だろ。僕には店員さん相手にイキる感覚が理解できないよ」

「でも意外と多いんすよ、そういう人。自分の彼氏がソレだった時の絶望感たるや。その時点で無理なのに、なんで頑張って好きになろうとしてたんかなぁ……」

糸のため息を耳にして、僕の頰《ほお》は自然とこわばっていく。

なんでこんなところでまで、そんなことを思い出すのか。絶景とビールとでけぇソーセージのことだけ考えてろよ。もっとこの時間を堪能《たんのう》してくれよ。

そんな抗議を込めて、僕は強めに指摘する。

「男運悪いな」

「ホントにな！　あ――ホントにな――――っ！」

糸《いと》はバックミラー越しに僕を指差してしたり顔。その後ゲラゲラと爆笑。

僕はその笑顔を少したりとも曇らせないように、いつもよりもさらに優しくス――スンっと赤信号で止まるのだった。


チェックインまでの二時間など、いつもの何でもない話をしていればあっという間だった。

糸とのドライブを存分に楽しんだのち、十五時過ぎに旅館に到着した。

「けっこういいお宿じゃないですかー」

「まぁまぁいいお値段はしたけど、せっかくの旅行だしな」

「いやーありがたいねぇ、こんな旅館の宿代まで出してもらえるなんて」

「えっ」

糸は「冗談冗談」と言いながら、旅館へとスキップするように入っていった。

女将さんに案内してもらい、本日の宿泊部屋まで向かう。

老舗《しにせ》の旅館だけあって、目に映るあらゆるものが古風でありがたいものに見える。でかい狸《たぬき》の置物、その玉袋にすら、触れてはならないような威圧感が醸し出されていた。

「東京からわざわざありがとうございます。大学生さんですか？」

エレベーターにて、女将さんは柔和な笑顔でこう尋ねてきた。

年下に見られて嬉《うれ》しいのか、糸は即座に反応する。

「いえいえ、ふたりとも社会人ですよ。今日は有給をとってね」

「あらそうでしたか。若いカップルさんだからてっきり」

「えへへ、ありがとうございます」

ここでカップルであることを否定すれば変な空気になる、と糸も承知していたらしい。否定も肯定もせず流れるままに感謝を述べていた。

花屋敷《はなやしき》さんに対しては、とっさに否定しちゃったけど。あれは金銭が絡んでいたからね。

通されたのはこの旅館でも比較的高い部屋だけあって、広くて綺麗《きれい》な上に眺めも良い。那須《なす》高原と山々を一望できる部屋だった。

「気に入っていただけましたか？」

「ええ、とても！」

「それは良かったです。ご夕食は七時、個室を用意しておりますのでそこで。それと大浴場は深夜の二時まで入れます」

旅館内の説明をスムーズに進めていく女将。

そこで不意に、思いもよらぬ発言が飛び出した。

「それと当お部屋には露天風呂《ぶろ》がついておりますので、そちらもお楽しみください」

「えっ……この部屋にですか？」

「ええ、そちらの扉から」

女将が指差した扉を開くと、そこには小さな脱衣所。

そしてその先には確かに、こぢんまりとした露天風呂があった。

説明を終えると、女将はしずしずと部屋を去っていった。

「露天風呂がついてる部屋なんて取ったのー？　やるねぇ」

「い、いや……ついてるなんて思わなかったよ。ちゃんと見てなかったから……」

「……なんでちょっと慌ててるの？」

「いや、慌てては……」

露天風呂があるなら、入らなければもったいない。

でも、糸《いと》と一緒に入るのが僕の気持ち的によろしくないのは、前述の通りだ。

しかしそれに対して糸は……あぁ、またぬーんって顔をしている気がする。

「とりあえず大浴場行こうよ。今なら人も少ないだろうし」

「うん、おっけー」

こんなところで変な空気になるのはごめんだ。ということでひとまず露天風呂問題は、宙に浮かせておいた。

そうして僕らは浴衣を持って大浴場へと向かった。

大きな風呂や露天風呂をそれぞれに十分に楽しんだ僕らは、脱衣所入り口近くの待ち合わせ場所で再合流した。

浴衣姿の糸は初めてだ。見てはいけないと思いながらも、その胸元や、歩くたびに少しだけ露《あら》わになる脚に目が行ってしまう。顔からうなじにかけて紅潮していて、全身がほんのり汗ばんでいて、余計に色気を際立たせていた。

そうして部屋に戻った僕らは、溶け入るように沈黙に包まれる。

座椅子《ざいす》に座って旅館の案内を読む僕と、窓際でほんのり暗くなってきた窓の外を眺める糸。

その微妙な距離が、居心地の悪さを感じさせる。

申し訳なくなるほどの静寂の中、僕と糸は互いに何かを窺《うかが》い合っているようだった。

「そういえばさ、冬《ふゆ》くん」

「ん？」

糸は、まるで朝食の献立でも言うように、告げた。

「私、転職するかもしれないんだ」

「えっ？」

思わず顔を上げ、糸の顔を見る。

冗談を言っているような表情ではないが、あまりポジティブなものにも見えない。

そもそも今朝喫茶店にて、僕は糸《いと》に転職を勧めた。なのにその時は無反応だった。なぜあの時に言ってくれなかったのか。疑問は渦巻くものの、僕は声を弾ませて尋ねた。

「なんだ、そうなんだ。よかったじゃん、ブラック卒業」

「うん、そうかも」

「で、どこに行くの?」

「父親の会社」

「……え?」

息を呑《の》んだ。とっさに言葉が出なかった。

糸は平坦な口調で、まるで台本を読むように続ける。

「今の会社に不満があること、母親から聞いたんだろうね。この前父親が言ったんだ。そんなに転職したいならウチに来いって。経理ひとりくらいなら雇えるって」

糸の父親は中小企業の幹部クラス。その縁で入社するのは難しいことではないのだろう。

しかし、もしも入社してしまえば、職場でさえも父親の監視下に置かれる。

「もしかしたら会社内か取引先にまた、私と結婚させたい人がいるのかもね。仮に今はいなくても、父親の会社に入れば、いずれ私をそういう使い方するだろうね」

「……それで最近、バタバタしてたんだ」

「うん、今日もその話で呼ばれてる。そうなるともう、ひとり暮らしも終わりだからねぇ」

「え……」

「だって父親が今も通っている会社に行くんだから、ひとりで暮らす必要なんてないじゃん」

現在のひとり暮らしも、相当の反対があったらしい。それでも糸はこれまで以上に反発し、なんとかひとり暮らしを勝ち取ったのだ。

しかしそれも、父親の会社に入ればもう終わり。

そうなれば僕らは、今までのようには会えない。

ただ、今の会社に残ったところで、劣悪な職場環境に苛《さいな》まれ続けるだけ。

「……どう転んでも地獄じゃん」

「ね。でも仕方ないよ。こういう人生なんだよ」

「…………」

「だからさ、引っ越したら今までみたいに、仕事終わりに飲むとかはできなくなるけど、それでもたまにでいいから会おうよ。協力ゲームもいっぱいして、通話とかチャットもしよう。つまり何も変わらないよ。私たちの関係はさ。ね？」

僕は、悩んだ。どんな言葉をかけるべきか。

肯定か否定か、尊重か主張か。

おそらく糸が求めているのは、ひたすらな共感。僕の意見なんていらない。

大変だね。でも糸《いと》がどんな道を選んでも応援するよ。またいつでも飲もうよ、話聞くよ。

そんな言葉で、いいのだろうか？

「……糸。ごめんだけど言っちゃうわ」

僕はこの七並べの中で、あえて出さずに止めていたカードを提示する。

「なんでまったく別の会社への転職っていう選択肢がないのか、僕には分からない」

「…………」

「もう二十四歳なんだし、父親の言うことなんて聞く必要ないだろ。そんで今の会社も明らかにおかしいんだし。全く別の会社で新しくキャリアを始めれば……」

言い切る前に、糸は無言で立ち上がる。イスを倒すくらい勢いよく。

そうして無表情で僕の下まで歩み寄ると、押し倒してきた。

「現実見るようなこと言ったら千円」

「ずっと言ってるだろ、お互い」

「それと……」

「い、糸っ……？」

糸は、僕の首を絞めてきた。

初めは糸が何を考えているのか分からなかった。

しかし不意に、あの日の会話を思い出す。

『もし僕が、自分の中の正しさしか映していないような発言をしたら、指摘してほしいんだ。僕は絶対、正しい場所からしか物を言えない人間にはなりたくないから』

『んふふ、分かったよ。冬《ふゆ》くんがそういうことを言ったら、私が首を絞めてあげる』

これは一本取られた。僕は必死に気道を確保しながらも、つい笑ってしまった。

するとものの数秒で、糸の手は緩められる。そうして糸も笑う。

「何、興奮しちゃった？　もしかして冬くん、首絞め好きな人？」

糸は僕に馬乗りになりながら、目を細めて僕を見下ろす。

「知ってるよ、冬くんがずっと浴衣姿の私に興奮してるの。胸とか脚、見てたでしょ」

「……バレてたか」

「したいんでしょ、セックス」

「千円」

「うるさい」

糸は噛《か》み付くように、僕に無理やりキスをした。

激しく舌を絡める。脳が溶けるような、むさぼり合うような、長いキス。

唇を離して顔を上げた糸。その表情には情欲に紛れて厭世《えんせい》的な色が滲《にじ》む。自ら浴衣をはだけさせて下着を露《あら》わにすると、再び僕に覆いかぶさる。

そして僕の耳元で、囁《ささや》いた。

「ねぇ、生でヤっちゃおっか」

第十八話　言葉

「え……」

「生で、ヤっちゃおうよ」

「い、糸《いと》……」

糸の表情は見えない。僕の耳を甘噛《あまが》み し続けたまま、顔を上げない。

「そこまで言うならさ、冬《ふゆ》くんがきっかけをちょうだいよ。デキちゃったって言えば、みんな私なんか放っておいてくれるでしょ？」

糸は恍惚《こうこつ》の表情を浮かべながら、自らのお腹《なか》をさする。

そしてその右手を、徐々に僕の太モモへと滑らせていく。ゆっくりゆっくり、その手はモモの内側へ潜り込んでいき――。

「ダメだ糸、ごめん」

「……え？」

すみませんリリーさん。やっぱり僕に、その度胸はないです。

「そうしたら、いつか絶対に糸は後悔する」

「……なんで？　冬くんとじゃ幸せになれない？」

「違うよ。進むべき道を、自ら閉ざすからだ」

僕は起き上がり、糸のはだけた浴衣を肩にかけ直す。そしてその小さな手を握る。

「糸、僕はこれまで一緒に現実から逃げることができて、本当に良かったと思う。そしてこれからも逃げていい場面はきっといっぱいあって、その度、僕も一緒に逃げるよ。こうしてまたクソみたいな東京から外へ連れ出すよ」

「……………」

「でも糸。今そこだけは、絶対に逃げちゃいけないと思う」

糸は操り人形のように、無表情で脱力している。僕はその瞳《ひとみ》から目を離さない。

僕はもう、三年前のあの失敗を繰り返したくない。

もう少し僕に自信があればとか、メンタルに余裕があればとか、頭が良ければとか、社会が僕らに優しければとか、そんな言い訳を並べて糸の苦痛を見て見ぬフリはしない。

あの頃しなかったことを――恋人以上のことを今、彼女じゃなくなった君にするんだ。

「ここで真正面から行動しないと、たぶん一生後悔する。父親の会社に入っても、今の会社に残っても、僕とデキ婚しても、それぞれその先で地獄みたいな後悔が待ってるだけだ」

糸が本当の幸せを手にするためには、自由でいなければいけない。

糸が自由に楽しんでこの世界を生きてくれるなら、たとえその先で糸の隣にいるのが僕じゃなかったとしても、それでもいい。

皆瀬糸《みなせいと》の幸せな人生のその途上で、少しだけ勇気を与えて消える虚構のような存在になったとしても、それでもいいのだ。

「……勝手なこと言わないでよ。私の気持ちなんて分からないくせに」

糸は声を震わせる。その顔には強い怒りと、恐怖が滲《にじ》んでいる。

「みんな簡単に言うよ。父親の言うことなんて聞かなきゃいいって。私がどんな思いで子供の頃から生きてきたか、どれだけ怖さをすり込まれてきたか、知らないくせに」

「……そうだな。家庭事情とか家族の関係って、当事者にしか分からないんだよな」

「そうでしょ？　冬《ふゆ》くんだって同じでしょ？　なのに、なんで……」

糸は顔を青ざめさせている。握った手は、冬の海に落とされたかのように震えている。

僕らにとって家族とは呪《のろ》いだ。でも、その全てを拭《ぬぐ》えないわけじゃない。

「糸。僕はその絶望や恐怖に打ち勝つ方法を知ってるよ。ずっと体現してきた」

「……何？」

「自分の好きなことを真剣に、死に物狂いでやるんだ」

僕が、幽霊のような存在だった家庭において、それでも心を壊さずにいられたのは、ゲームに熱中していたから。ゲームをしている時だけはクソみたいな現実を忘れられたから。

だから今僕はゲームを作っている。ゲーム会社に入ったら入ったで、辛《つら》いことは山ほどあるけれど、それでも希望を捨てずにいられるのは、結局はゲームが好きだからだ。

「糸。糸の好きなことはなんだ？　本当は何がしたいんだ？」

就活時代、いやもっと前から聞くべきだったこと。

あの夜の目黒川《めぐろがわ》で尋ねて、かわされて、諦《あきら》めた問いを、今一度突きつける。

「…………」

「言いなよ。言っても誰も怒らない。僕は絶対に否定しない。だから、言ってみな」

「……わ、私は……」

糸は、泣き出しそうに切実な声で、答えた。

「私は、文章を書きたい……」

それは、初めて聞いた糸の夢だった。

「出版社で雑誌とかネットの記事を書く、編集ライターになりたい。大げさに聞こえるだろうけど……世界のどこかにいる誰かに、あなたはひとりじゃないよって、伝える仕事がしたい。それで私も、救われてきたから……」

糸は、口に出すことすら罪に感じていそうな、恐る恐ると言った表情。

しかし僕は、ストンと胸に落ちるような感覚があった。

「なんだ、ピッタリじゃんか」

「え……？」

「だって糸って、『言葉の人』じゃん」

糸《いと》は呆気《あっけ》にとられた表情。返事もせず、僕の言葉を待っていた。

「糸って昔から独特なワードセンスがあるよな。言い回しも、面白い言葉の配列の仕方をしてくるし、ボキャブラリーも豊富で。なんかこう言葉を独自の法則で操ってて、魅力的だよな」

「ウ、ウソ……」

「だから僕、昔から糸と会話するの、すごい好きなんだ」

僕は糸の言葉が好きだ。糸との会話が好きだ。

最近それを、周りにいた人たちの言葉から再認識させられた。

『口癖どころか、最終的には口調まで似てきたもんな、お前ら』

『ふたりとも口調がそっくり。たまにいるのよね、口調が似てくるカップルって』

好きすぎるがあまり、マネしてしまうくらいに。

こうして頭の中で浮かぶ思考の文さえも、糸に似てしまっているのだ。

「それにSF研の批評誌とかでも……」

「ウソっ、だってそんなこと、一度もっ……」

なぜか糸は取り乱し始めた。僕に摑《つか》みかかるように密着し、目を見開いて僕を見る。

「ほ、本当に?」

「本当だよ。言ったことなかったっけ?」

「ないよ!　絶対ない!」

「そ、そうだっけか……？」

言われてみれば、直接伝えたことはない気がする。

そこについて、あまり深く考えたことはなかった。これだけいっぱい、出会ってからも再会してからもずっと、色とりどりの会話を積み重ねてきたのに。

ただそれは糸《いと》にとって、何よりも大切なことだったらしい。

「い、言ってよぉ……なんでっ、言ってくれなかったのぉ……ううぅ……」

糸はそこで、大粒の涙を流し始めた。先ほどまでは必死に我慢していたのに、ここにきて、この事実を前にして、堰《せき》を切ったように号泣し始めた。

「ご、ごめん……そんなに大事なことだったとは……」

「大事だよぉ……だって言われなきゃ――自信持てないじゃんっ……」

「っ……」

そこで僕は理解した。

僕と糸の間に通じている、本当の共通点。似てしまっている部分。

思い出すのは、リリーさんから僕への、何気ない一言。

『あなた、凄《すさ》まじく自信がないわね』

僕らの根底にあるのは、究極的なまでの、自信のなさだ。

自分の勘違いだったら、実力不足だったら、求められていなかったら、怖いから。

だから僕らは踏み出し切れないのだ。自分にとってそれがどれだけ大きな存在か、その価値を知っているから、失うことを恐れて手を伸ばしきれないのだ。

「皮肉なもんだな。言葉で伝えることを夢見た糸が、言葉で伝えられなかったせいで、自らの可能性を閉ざしてたなんて」

「何を俯瞰《ふかん》的に語ってんの！　冬《ふゆ》くんが言ってくればっ……」

「それはごめんだけどさ、でも糸もそういう夢があるって言ってくれなきゃダメじゃん」

「それは確かにそう！」

パチキレながら自分の非も認める糸であった。

「でも別に遅くないというか、むしろ絶好の機会だろ。あとは糸の愛と覚悟が、あらゆる面倒なことを上回るかどうかじゃん」

「簡単に言って……もう」

どうやら涙も落ち着いたらしい。糸は少しだけ晴れやかな表情になっていた。

すると、大きなため息をついて一言。

「お腹《なか》すいた」

「おお、そういやもう七時だ。夕飯の時間だな」

「行こう。いろいろ考えるのは、あとでいいや」

僕と糸は揃《そろ》って浴衣をキチッと着て、帯を締め直す。

糸《いと》はさらに髪も綺麗《きれい》に整える。その姿を僕は、ついじっと見てしまう。

「何見てんだい」

「糸、浴衣似合ってるなって」

「うふ。と、そんなことより旅館メシじゃ。ほら行くよ」

糸が先導し、部屋を出る。

その足取りは、糸の紡ぐ言葉のように軽やかだった。

＊＊＊

「いやー食った食った」

「すき焼きも日本酒も最高だったねぇ」

旅館メシを堪能《たんのう》した僕らは、部屋に戻ってまったり。

先ほどまでとはまるで違う部屋のような、穏やかな雰囲気が流れていた。

「糸、東京に帰らなくていいのか？」

「ヤダよ面倒くさい。明日行くって実家に連絡しておいた」

「そっか。そういや着替えがないな。Tシャツとか売店に売ってるかな」

「私もう買ったよ」

糸が掲げたのは、道の駅で買ったヤギの白Tである。

「あ、そういや買ってたな。まさかこれを見越して……？」

「さあどうだかね」

読めない女だぜ、と感心していると、糸がジトっとした目を向けてきた。

「ところで冬《ふゆ》くん。言葉で伝えることの大切さを理解した今だからこそ聞くけど」

「何？」

「なんで一緒にお風呂《ふろ》入るの、嫌がってるの」

「えっ……」

そうだ。その問題が残っていた。すっかりその存在を忘れていた、部屋の露天風呂である。

「もちろん正直に言ってくれるよね？」

糸はグッと詰め寄ってくる。笑顔がむしろ怖い。圧がすごい。

僕は観念して、素直に告げた。

「だって一緒にお風呂に入るのは、恋人同士の行為っていう、僕の中での線引きがあって……逆にそれを越えちゃうと、歯止めが効かなくなる可能性があるかもって、思って……」

ここまで言うと、糸はキョトンとしたのち、目を大きく見開いてお得意の引き笑い。「ア――っ」という鳴き声が響き渡る。

「可愛《かわい》いねー冬くん！　そっか、一緒にお風呂は恋人同士の特権かー」

「うるせえな。けっこう大事だろ、その距離感」

「確かにねー言われてみればそうだね。なんだ、私てっきり……」

そこで言葉を止めた糸《いと》。明らかに、「しまった……」という顔をした。

「てっきり、なんだ?」

「いやぁ、そのぉ……」

糸は日本酒のせいか照れのせいか、赤く染まった頬《ほお》に手を当てて呟《つぶや》く。

「だって……一緒にお風呂《ふろ》に入りすぎると裸を見慣れちゃって……その、男の人がフェアリーテイルの時に、女の人の裸に興奮できなくなるって噂《うわさ》があって……」

「へー、そうなんだ」

「うん。だから冬《ふゆ》くんはそれを避けるために、一緒に入らないようにしてるのかなって……」

「……ん? それは嫌なのか?」

「だってそれじゃ、フェアリーテイルが一番大事な関係みたいで……それはなんか嫌なの!」

なんとなく理解した。

つまり僕が糸との関係をセックス第一に考えているがゆえ、糸の裸を見慣れないように一緒にお風呂に入らないのだと、勝手に勘違いしていたわけだ。

そこまで把握すると、当然のことながら、吹き出すと言うものだ。

「あははは、可愛《かわい》いねー糸ちゃん! そっかー、僕がフェアリーテイルのことしか考えてない男だと勘違いして、ずっと不安だったんだねぇ」

「だ、だって付き合ってた頃はよく一緒に入ってたじゃん！　それがなくなったら普通、そう思っちゃうじゃん！」

「確かに、そうかもなぁ。キレーにすれ違ってたな僕ら」

普通じゃない関係だからこそ、絶妙な距離感を保つべきふたりだからこそ、あえて口に出さなかったせいで、どちらも難しく捉《とら》えていたわけだ。

ダメだね、ちゃんと言葉にしないと。

「でも、そっか。じゃあ一緒に露天風呂は入れないね」

「そうだなぁ……」

「あっ、でもじゃあ、こういうのはどう？」

糸は手を叩《たた》き、とある案を口にする。

それは目からウロコな提案で、僕は感心のため息を吐《つ》きながら返答するのだった。

「それは、アリ寄りのキリギリスだわ」

「ひゃっほ――――っ！」

ドボーンッと、糸が露天風呂へ勢いよくダイブすると、水しぶきと共にさらに大きく湯気が立った。僕は笑いながら咎《とが》める。

「いいじゃーん私たちしかいないんだし！　あ、やべ、ちょっと水着ズレちゃった」

「こら、大人気ない」

「ポロリすな」

「嬉《うれ》しいくせにー」

「ちょっとな」

「アーーーっ」

糸《いと》の提案は、水着で一緒に入るのはどうか、というものだった。

試しにフロントに連絡したところ、なんと水着の用意があった。家族で露天風呂《ぶろ》に入る際、使いたいと言うお客さんも中にはいるようで、常備しているらしい。

そこで僕らは貸してもらった水着を着用し、一緒に露天風呂に入っているのだ。

これなら一緒にプールに入るようなものなので、僕の中の罪悪感は多少軽減できる。不思議なもので、タオルを巻いて入るよりも罪悪感がない。布面積はタオルのほうが大きいのにね。

「いやぁ、良いお湯だこと」

「ああ。他の客を気にする必要もないし、最高だな」

小さな露天風呂、僕らはぴったりと隣同士に座る。温泉によって身も心もほぐされていく。

本当にいい旅館を選んだ。糸と来られてよかった。

「なんかちょっと前にも冬《ふゆ》くんと温泉入ったなーって思ったけど、あれは足湯か」

「新宿《しんじゆく》のラブホのな」

「そうそう屋上のね。ギラついた夜の新宿を一望しましたなぁ」

あれは確か糸と再会してすぐの頃。最近のような、遠い昔のような、妙な時間感覚だ。

「新宿の景色を見ながら、冬くん言ったよね。この世界に孤独じゃない人はいないって」

「あー言ったわ。ネガティブだなぁほんと」

「でも、今でもそう思ってるでしょ？」

「まぁね。僕は根っこから、孤独が染みついちゃってるから」

心の暗がりを吐露した僕だが、糸はパッと顔を晴れさせて、僕を綺麗《きれい》な目で見つめた。

「でも私は、冬くんが心から孤独を受け入れているわけじゃないって、知ってるよ」

「え、なんでそう思うの？」

「だって冬くんは、いつも良い人であろうとしてるもん」

それは僕自身も知らなかった、僕という人間の美点だった。

「孤独を心から受け入れている人は、絶対にしないことだからね、それ」

「良い人であろうとしてるって……例えば？」

「お店の人とかにも感じがいいしさ、運転も優しくて他の車に気を配ってたし」

「いやそんな小さなこと……」

「小さくないよ。誰にでもできることじゃないって言ったでしょ」

「そうかぁ……？」

「あと何だかんだで人に寄り添うじゃん。サークルでもそうだったし。職場でもそうでしょ、市川《いちかわ》さんの件とか」

「あー、そうかなぁ」

僕自身にとっては思ってもみない見解だったが、糸《いと》は自信満々で語る。

「それにもちろん、私にもね。この場所に連れてきてくれたのだってそう」

「いや、それは本当に糸が心配だったからだよ」

「へへ、ありがとね。でもそういうのも含めてだよ。だから冬《ふゆ》くんはね、良い奴《やつ》なんだよ！」

糸は、反論を許さないといった強気の姿勢を崩さない。

ならまぁ、そう思っていてもいいかな。

「それで言ったら糸も、僕にずっと寄り添ってくれたじゃん」

「えへへー？　どうかなぁー、意外と私って打算的かもよー？」

「何の打算があって僕に寄り添うんだよ」

「確かにな」

「確かにじゃねえよ」

ァ――――っという引き笑いののち、糸は腹を抱えて足をパタパタとさせる。その赤らんだ頰《ほお》をつまむと、糸はニッと笑って僕の手を捕まえた。

僕らは湯船の中で、きゅっと手を繋《つな》ぐ。

目前に広がるのは、闇夜《やみよ》を点々と繋ぐ星の煌《きら》めき。そして人々の灯《あか》り。

明日、僕と糸は帰ってゆく。ただ空気を吸うだけでも蝕《むしば》まれそうな東京へ。

孤独で、人の愚かさを凝縮したような社会の中へ。

「でも、糸といる時だけは、孤独から一番遠い場所にいる気がする」

「うん。私も、そんな気がする」

虚構から、わずかに現実が、顔を見せ始めた気がした。

純喫茶ユニコーン店員・花屋敷さんの屈託③

ご無沙汰《ぶさた》しております。純喫茶ユニコーンのウェイトレス、花屋敷《はなやしき》です。

戸越銀座《とごしぎんざ》商店街に秋がやってきました。一般的には九月が秋の始まりと言えるでしょうが、今年の残暑は厳しく九月の下旬になっても夏のような気温が続いておりました。

ですが十月に入り、やっと涼しくなって参りました。お客様の装いも秋らしくなってきて、季節の変化を五感で感じられております。

さてそんな秋の日の昼下がり、とあるお客様がやってきました。

「いらっしゃいませ。あら麻理《まり》」

「うん。カウンター空いてる？」

カウンターの一番端に座らせると、麻理はふっと一息。

「二日酔い？」

「いや、人いきれにやられちゃって。今日の商店街は混んでるわ」

「過ごしやすい陽気になったからかしらね。それで、今日はどうしたの？」

麻理はグラスに入った水を半分ほど飲み干し、呟《つぶや》きます。

「マスターのナポリタンが食べたくて」

「そう。ブレンドは食後？」

「うん」

「ちなみに、私この前、マスターにナポリタンのレシピを教わったんだけど……」

するとと麻理は不健康そうな顔をパッと明るくさせます。

「あら、じゃあハナが作ってよ」

「いいの？　ちょっと味が変わるかもよ？」

「いいのいいの。実験台になってあげる。家でもあのナポリタンが食べられるならね」

麻理は私の手を捕まえると、細い指でなぞるようにさすります。それを払うと、ニコニコと笑っていました。外での接し方は、昔から変わりませんね。

「そういえば、あの人たち来ているわよ」

私は目線で促します。麻理も知っているというお客様方。冬《ふゆ》くんと糸《いと》ちゃんと言います。

「あら本当ね。バレないように一応注意しておくわ」

「バレないでしょ。あの恰好《かっこう》を見慣れてたら」

「でも糸ちゃんの方は、ちょっと勘が鋭い子だから」

麻理は私よりも彼らのことについて詳しそうです。ちょっと悔しいです。

「あのふたり、この店によく来るの？」

「さあ、どうでしょうね」

「来ますよー。最近は二週に一回くらい。爽《さわ》やかなカップルさんですよねぇ」

ナナちゃんが会話に入ってきました。と同時に、お互いにお互いのお客様の情報を教えないという暗黙の了解が破られました。麻理《まり》は私に意地悪な目を向けてきます。悔しいです。

「あらそうなの。仲がよろしいことで」

「そうなんですよー。けっこう前ですけど、女の人が履歴書を書いてて、男の人が添削してあげたりして。微笑《ほほえ》ましいですよねぇ。チラッと履歴書の中身を見ちゃったんですけど、たぶん転職用なんじゃないですかね」

すごい、糸《いと》ちゃんの情報がナナちゃんの口からダダ漏れです。彼女はこの店で情報屋にでもなるつもりなのでしょうか。

「すみませーん」

「あっと、まさにそのお客さんが呼んでます！　では！」

ナナちゃんは冬《ふゆ》くんたちのテーブルへ、ササササーと向かって行きました。

「ふふ、愉快な子ね、ナナちゃん」

「ちょっと危なっかしいけれどね……」

私はカウンターで作業をしながら、耳はナナちゃんのいるテーブルの会話に集中させます。はしたないですが、いまだ私は気になっているのです。あのふたりの関係を。

カップルじゃない。社会的には正しくないかもしれない関係。

でも心地がいいから一緒にいる。

それはとても気楽で理に適《かな》った、ある意味で完成された間柄です。

ただそれを保つには、繊細な心遣いと、絶対の覚悟が必要です。

麻理を見ます。彼女もまた冬くんと糸ちゃんが気になるようで、横目で意識していました。

「注文は以上ですね。あっ、それとですね……」

そのナナちゃんの声に、私は嫌な予感を覚えました。というより、既視感がありました。

「お飲み物とケーキをご注文されたカップルの方は、カップル割引が適用されますので……」

ああ、いけません。それは彼らには禁句なのです。

ハラハラとする私。それを見て愉快そうな麻理。何も知らないナナちゃん。

そんな複雑な視線を集めているとも知らず、糸ちゃんは言いました。

「はい、よろしくお願いします」

私はギョッとします。なぜか冬くんもギョッとします。

え、どっち？

「糸……？」

「うふふ、冗談です。通常料金で大丈夫ですよ、カップルじゃないんで」

小悪魔な笑顔を見せる糸ちゃんにナナちゃんは困惑、冬くんと私はドギマギ、そして麻理はふたりにバレないように顔を隠して笑っていました。

冬《ふゆ》くんだけでなく私とナナちゃんまで弄《もてあそ》ぶとは……糸《いと》ちゃん、罪な子です。

ただ、イタズラっぽく笑って冬くんを見つめる糸ちゃんの、その顔はあまりに晴れやかで、可愛《かわい》らしいです。それが恋人でない男性へ向ける顔だとは、私には到底見えません。

「もう付き合っちゃえばいいのに」

つい口に出すと、麻理《まり》はくすくすと笑うのでした。

了

GAGAGA
ガガガ文庫

恋人以上のことを、彼女じゃない君と。

持崎湯葉

発行　2022年11月23日　初版第1刷発行

発行人　鳥光 裕

編集人　星野博規

編集　大米 稔

発行所　株式会社小学館
〒101-8001 東京都千代田区一ツ橋2-3-1
［編集］03-3230-9343　［販売］03-5281-3556

カバー印刷　株式会社美松堂

印刷・製本　図書印刷株式会社

Printed in Japan　ISBN978-4-09-453096-4